はじまりの青

シンデュアリティ：ルーツ

高島雄哉

JN090238

西暦2099年。9歳のエリロスとアイが暮らす超高層都市を、突如として真っ青な雨が襲う。強毒性の雨は洪水となって、接触した人々の命を次々と奪っていった。からくも崩壊を生き延びた幼馴染ふたりは歩行型の移動機械を駆り、変わり果てた世界に新しいかたちの文明を築こうと試みるが——四世代に及ぶ女性バディの活躍を通じ、TVアニメとゲームで展開される『SYNDUALITY』シリーズの、知られざる「はじまり」に迫る公式小説。

登場人物

●第一世代

エリロス……尖塔都市〈ラミナ〉の住人。のちにドリフター

アイ…………尖塔都市〈ラミナ〉の住人。のちにドリフター

●第二世代

エオーナ……地上コミュニティ〈パトリア〉のドリフター

アサ…………地上コミュニティ〈パトリア〉の建築師

●第三世代

エウディア……地下都市〈アメイジア〉のドリフター

アメ…………地下都市〈アメイジア〉の数学師

●第四世代

エリス………地下都市〈アメイジア〉のデータネット配信者

アオ…………地下都市〈アメイジア〉のドリフター

はじまりの青
シンデュアリティ：ルーツ

高　島　雄　哉

創元ＳＦ文庫

SYNDUALITY: ROOTS

by

Yuya Takashima

2024

目次

はじまりの青　シンデュアリティ：ルーツ

第一章　青い雨　エリロス／２０９９年

0　記憶

あのときエリロスはアイといっしょにパーティー会場にいて、あの青い雨にうたれることはなかった。

それ自体は、ずっとあとになっても、エリロスは幸運なことだったと思い返すことができる。

永遠に失われてしまった、雨が降る前までの世界を、かすかな記憶とともに懐かしみながら。

パーティーのざわめきが聞こえてくる。

1　パーティー

あの日――雨が降りはじめる直前まで、空はあざやかに晴れていた。

のちに〈新月《しんげつ》の涙《なみだ》〉と呼ばれるその運命の雨が降りはじめる数時間前、エリロスとアイは巨大な塔のような都市で、いつものようにふたりいっしょだった。

高さ二千メートルを超える非対称の尖塔《せんとう》――ラテン語で刃《やいば》を意味する〈ラミナ〉と名付けら

れたその都市は、透明な有機ガラスに覆《おお》われ、はるか遠方からは大地からせりだした氷山にも見える巨大建築で、内部には百万を超える人々が暮らしていた。

　そこはふたりが生まれたところであり、住んでいる人たちもみんなほとんど都市の外に出たことがない。塔のその中間層以上のフロアからは海というものも見えるのだけれど、もちろんそこにも行ったことはないのだった。

　ともかく、あの日は何かのパーティーだった。２０９９という数字をかたどった風船がたくさん浮かんでいたことを、エリロスとアイは憶えている。あの日以降の人たちにとって二〇九九年は忘れられない年になったけれど、ではあの日以前の人たちにとってどのような意味があったのか、ふたりにはわからない。

　九歳のエリロスとアイは、パーティーがどういうものかもわからないまま、着せ替えられて連れてこられていた。

　会場は塔の最上端の十フロアほどを使っていて、どの階でも人々はテラスに出て、おしゃべりに夢中になっていた。

　いつもはこどもだけでは出られないテラスに、ふたりは喜んで駆け出したのだけれど、外はひどく暑く、すぐに屋内に逃げ込んだ。

　おとなたちはこの暑さを楽しんでいるようでもあり、何かを待っているようでもあった。

　――ここでこの気温なら、地上は五十度を超えているでしょう。

　――昔はありましたね。地上の温度を予報するサービスが。いつのまにかなくなって。

なんだかえらそうな人がおおぜいに囲まれて、にこやかに握手をしてまわっていた。もうちょっと遠いところには——ガードマンというのだろう——黒い服をきた人たちがたくさんいる。

小さなケーキのアラカルトがホール中央のテーブルにならぶのを見ながら、エリロスははぐれてしまった両親をぼんやりと探した。耳たぶについたイヤリング型の通信端末でいつでも話せるから、迷子になったというわけではない。ちょっとさびしく思っただけだ。

両親が何をしていた人なのか、エリロスは大きくなって考えるのだけれど、記憶の中にヒントはほとんどなかった。上層にあった家にはひっきりなしに人が出入りしていたし、どの部屋にもむつかしそうな本が積まれ、古い石像や細工品が運び込まれることもあった。この塔から離れた母の出身地では、その昔たくさんの神話のうつくしい彫刻がつくられていたのだという話はおぼえている。家にあったものの中には、壊れたものや顔がほとんどわからないような彫刻もあった。あれは本当のことだったのか、それとも記憶が溶けてしまっているのだろうか。

いつの間にかアイも見当たらないことにエリロスは気づく。さっきまで隣の椅子に座っていたのに。

エリロスは急に不安になる。

アイの次の日にエリロスが生まれて、以来ふたりはずっといっしょにいる。親よりも長く同じ時間をすごしてきた。

「アイ？」

口をついて出たそのあわてた口調を察知して、エリロスのイヤリングがアイを呼び出しはじめた。

「アイ！　どこ⁉」

——散歩中。エリロスがケーキに夢中だったから。

「そんなことないもん。今どこ？　トイレ？」

「——うしろだよ」

エリロスは赤いドレスをひるがえしながらふりかえる。それは母が選んでくれたものだ。自分の名は、祖母の生まれ故郷の言葉で朱色という意味らしく、こどものころから何かと赤い服を着せられている。

目の前には青いドレスをまとうアイが立っている。アイはアイで、祖母がどこか遠くで陶芸家をしていたことで、釉薬《うわぐすり》に使う藍色からアイと名付けられ、いつも青いいでたちなのだった。

ふたりの両親は家族ぐるみで仲がよく、今日のドレスはこのパーティーのためにおそろいで仕立てられたものだ。

まわりのおとなたちからは気軽に、

「あらかわいい」

「なかよしね」

などと声をかけられて、エリロスはアイにぼやく。

「もうすぐ二桁《ふたけた》になるのに」

「二桁？　ああ、十歳ってこと」

二〇九〇年生まれのふたりは、二一〇〇年にちょうど十歳になる。

「もう来年には二十二世紀なのに、小さいからって失礼だよね」

アイはほほえみつつも首を横にふった。

「二一〇〇年はまだ二十一世紀。二十二世紀は二一〇一年から」

「うそ」

「ほんと」

とアイ。

つづけざまにイヤリングもエリロスに耳打ちしてくる。

――アイの言っていることは事実です。

それはアイにもきこえている。

エリロスはむくれてしまう。

「きらい」

「はいはい。こんなことで怒らないの。ほかのところ見に行きましょう」

同い年だが、アイは時々おねえさんのようにふるまう。一日だけ年上だからだ。

「わたしのこと、さがしてたんでしょう?」

エリロスはこうやっていつもやりこめられてしまう。

アイが手をさしだして、

「ほら」

アイにうながされて、エリロスは手をつないで歩きだした。

ふたりはおそろいのレース飾りをふりふりさせながらフロアの廊下をめぐり、きらきらとかがやくダンスホールにやってきた。ドレスやタキシード姿のおとなもいれば、仮装している人も多い。

塔の角にあたるホールの壁は二面ともがガラス張りで、地上には草原や砂漠が広がり、遠くには青い海が見えた。

エリロスとアイはテラスを避けて、ホールの奥に向かった。パーティーにはもちろんこどもたちもたくさんいて、各所にこども向けの手品ショーのコーナーや室内遊園地がもうけられていた。そこでは光る花びらが舞い広がって、ふたりよりも小さなこどもたちがそれを追いかけながらはしゃいでいる。

「あの花、さわれるのかな」

アイはその場でふわりと跳び上がって、頭上のいくつかの花にふれて、たんっと着地した。運動が得意なのだ。

突然ジャンプしたので、周りのこどもたちの視線がふたりに集まっていた。

「ドローンだったんだ」

透明な花びら型のドローンがアイの手のひらの上でそよそよと動いている。アイが手をあげると、そのまま浮かび上がっていった。

「もう！　アイ！　恥ずかしいでしょ！」

ステージでは人間とロボットの混成バンドが、電子音を交えた不思議なトーンの曲を奏でている。

アイは楽しそうだが、そのとなりでエリロスがぼやいた。

「あー、夕方レッスンだ」

エリロスは赤ちゃんのころから音感にすぐれていて、それを気づいた両親にピアノやテルミンをならわされている。

「いやなの？　エリロスじょうずなのに」

アイはそう言っていつもはげましてくれるのだが、エリロスは全然笑えない。

「サッカーすきなアイにはわかんないよ」

「わたしだって練習いやなときはあるって。今日くらい休めば？」

「毎日やらなきゃなの。心がけって言うんだって」

おとなたちが顔や体を近づけてひそひそ話しているのを見てアイが耳打ちしてきた。

「きっと、こいびとどうしだよ」

「そうなの？」

「そうだよ。こういうところでは、いつも言えないことが言えるんだよ」

エリロスは耳をそばだてた。ほんとに秘密の話なら、ぬすみぎきなんて良くないのだけれど。

――ねえ、あっちにすしコーナーがあったよ。

――きいた？　こんど、あの人、りこんするんですって……。

――これですこしはすずしくなればいいんですが。

――あとでわたしたいものがあるんだ……。

ひそひそ話のほとんどは、意味がわからないものばかりだ。わかったのは、あっちにおすしがあることだけ。

そのとき会場にどよめきが起きた。

おとなたちがテラスに向かっていく。何かショーでもやっているのだろうか。

しかしホール中央にいる小さなふたりにも、何が起こっているのかはすぐにわかった。

天井まである窓の向こうにおとなたちが見ていたのは外の空だった。

いつのまにか雲が広がって、たちまち濃く厚くなって、光をさえぎって、あたりは暗くなっていた。

アイがつぶやく。

「あの雲……なんだか青くない？」

「えー、どうかな」

エリロスはアイほどには遠くが見えない。目のいいアイは、エリロスよりも多くの色を見ているのかもしれないと思うことがあった。

一方で、エリロスは会場の騒ぎ声に違和感をおぼえた。

「ねえ、変な音がきこえない？　声、かな」

アイは気づいていないようだった。

エリロスはもういちど耳をそばだてる。

しかしその必要はなかった。

直後に、明らかな悲鳴がきこえてきたからだ。

ふたりは手をぎゅっとにぎりあい、ホールにいる人々もまわりを見渡した。

人類の――あるいは世界の――運命みたいに、あの青が降りはじめた。

2　空中庭園

その雨ははじめからヘンだった。

雨音とほとんど同時に、ひとびとの悲鳴がまじりはじめたから。

はじめエリロスはおとなたちがふざけているのだと思った。こどもにはおとなしくしろなんて言うけれど、本当にうるさいのはおとなのほうなのだ。

「静かなところに行きたい！」

エリロスがさけぶ。

「〈庭園〉は？」

アイの提案に、エリロスはぶんぶんとうなずいた。

しかしふたりがテラスに背を向けた直後、騒ぎはいきなりおさまってしまった。

テラスに出たひとたちのドレスが雨にぬれて、さわいでいたのだろうか？

テラスへの出入り口は大きく開いて、雨が降りこんでいる。

エリロスはふりかえって様子をうかがう。雨はホールのカーペットをひどくぬらして、そのうえを濃い霧がながれこんできていた。まるでパーティーで使うスモークマシンが壊れたかのようだった。

この尖塔都市の上半分のフロアはよく雲につつまれていた。でも室内にこんなに霧が入り込んでくることはない。エアカーテンがあるし、自動でテラスのドアが閉まるからだ。でも今はどちらも動いていないみたいだ。風が強くふきはじめて——気圧調整の限界を超えて——いよいよ強くなってきた。

「あのドア、閉めなくていいのかな」

「AIかおとながやるって。早く庭園にいこうよ」

しかしエリロスはいやな予感がする。

「別のフロアに行くときはママに言わないと」

イヤリングはすぐにエリロスの母を呼び出す。

しかしいつまでたっても応答はない。

どうせおとなどうしの話に夢中なのだろう。エリロスはいつものようにメッセージを残すことにする。

「ママ？　私、アイといっしょに庭園にいくからね！」

アイがにやにやと顔を近づけてくる。エリロスがいちいち親に報告するのをからかっているのだ。

「もういい？」

エリロスはアイに手をひかれながら、すまし顔で歩きはじめた。

塔のてっぺんから少し下には、〈空中庭園〉と呼ばれる十フロア分ほどの、広く高い吹き抜け空間があった。ひとつの壁は全面ガラス張りで、まさに空中に浮かんでいるようだった。

そこもほとんどはパーティーに使われてはいたものの、こども向けの遊具はいつもどおり遊べることをふたりは知っていたのだ。

ふたりが乗ったエレベーターのドアが〈庭園〉のエントランスのフロアで開くと、エレベーターホールにいたおとなたちが、あわてふためいて駆け込んでくる。

アイはエリロスの手をとって、おとなたちをかわしてエレベーターをおりた。

エレベーターホールには強い風がふきあれていた。

「ここの窓も開《あ》いてるの？」

アイが先に進んでいくが、通路に出たところで立ちどまった。

走り寄ったエリロスは、アイと同じ光景を見て、言葉をうしなう。

ふたりの目の前で、まるで世界が割れていくように、庭園を覆う巨大なガラスに青いひびがゆっくりと入っていく。

ここでもエアカーテンはうまく動いていないようだ。

——外壁が急に劣化してるぞ！

エリロスとアイは、突風に押されてしまう。

気圧差で、塔から外へ、すごい勢いで風がふいたのだ。

エリロスはガラスにひびが走る音がこわくてたまらない。

「自分でひび、直すんじゃないの？」

塔につかわれているガラスは自己修復ができる特殊なものだが、こちらも今は機能していない。

かけつけてきた会場スタッフが、エレベーターホールからさけぶ。

——みなさん！　早く下の階へ！

次の瞬間、ガラスは爆発するようにはじけて割れた。

エリロスはかんだかい悲鳴をあげてしまう。

「エリロス！　ふせて！」

圧倒的な風音《かざおと》と人々の叫び声がまじりあって、ふたりは話すこともできない。

アイがエレベーターを指差す。

ふたりはふき飛ばされないよう姿勢を低くしながら、エレベーターに近づいていく。

ホールには十基以上が設置されていて、同じように殺到してきたおとなたちといっしょに、
ふたりは下行きのエレベーターを待った。

しかしエレベーターには乗れなかった。

中にはたくさんのおとなたちがおりかさなってたおれていたからだ。

エリロスは息をのみ、さすがのアイも後ずさりする。

ふたりはこわくて、よくたしかめることなんてできなかったけれど、ほとんどの人が絶命しているようだった。

しかし数人が苦しそうにうめいていた。

――痛い痛い痛い……！

――救急スタッフを……！

アイは返事もせずに、都市管理ＡＩを呼び出そうとエレベーターホールの壁にあるモニターを強く叩いた。

「六八九階に救急ロボットお願い！　人がたくさん……病気！」

――ただちに手配します。到着は約四百分後の予定です。

エリロスは耳を疑う。六時間以上もかかるなんて。救急ロボットはフロアごとに何百機もあるはずで、ふつうは二十秒以内に専門的な治療がはじまる。それだけ苦しんでいる人がいるということなのか。

アイはたまらずさけんだ。

「死んじゃうよ！」

――その人の様子を聞かせてください。対処法をお知らせします。

アイがエレベーターから這《は》いずりでてきた人に近寄っていく。エリロスはうしろにつづく。

「あ、あの……どこが痛いんですか？」

しかしタキシード姿のその人はもう話せないみたいだった。うつぶせのまま右手をエリロスにのばしてくる。救急スタッフだと思ったのかもしれない。

その人を助けようとしたエリロスの手を、アイがつかんで引き戻した。

「その人の手！　青いの！　動いてる！」

アイに言われて、エリロスがたしかめると、肌に青黒い三角形が見えた。

そして三角形は指先から手首のほうに増えながら動いていく。

青い三角形は首や耳にも広がっている。もう、息はしていない。

次々とおとなたちが大声を出しながら走ってきて、エレベーターにかじりつく。

——雨が！

——世界を救う雨じゃなかったのか⁉

庭園からひびく雨と風の音がどんどん大きくなる。

ふたりがこの日まで聞くことがなかった、生《なま》のどしゃぶりの音だ。

そもそも、エリロスたちが住んでいる地域にはめったに雨が降ることがない。

しかも——その雨は特別だった。

ふたりが見たのは、ガラス壁をつきやぶった雨によって青く染まっていく庭園だった。

「青い……雨？」

エリロスはぽかんとしながら、つぶやいた。

庭園も壁面も一面が青に染まってゆく。

雨にうたれた人々は、顔や腕に広がる青い三角形のモザイクに苦しみながら、ロビーのあちこちで転げまわっている。

——とめて！　この青をとめて！

苦しみの声は、しかしすぐにおさまってしまった。

もう、誰も動いていない。

助かった——雨にふれなかった——おとなたちはもうどこかに行ってしまった。

「逃げないと」

アイがかなしそうな声をあげる。

それでエリロスははっと我にかえった。

文字通り、誰にも手をさしのべることはできない。

3　蠢《うごめ》く夜

「しんじゃったのかな……。あの人たち……みんな——」

エリロスは泣きそうだった。

「いきてるよ、きっと。いしきがないだけだよ。大丈夫、救急隊がなんとかしてくれる」

アイもわかっていないのに、エリロスをはげまそうとしてくれている。

エリロスとアイは非常階段をいくつも降りて、パーティーがおこなわれていないビジネスフロアにたどりついた。

ドレス姿のこどもたちはそのフロアに似つかわしくなかったが、みんなパーティーに行っているのか、誰にも見られることはない。

アイが通路のソファに座った。

エリロスも隣に座る。

イヤリングを確かめるが、母からの返信はないままだ。

「ママはどこ？」

――わかりません。

通話はできなくても、都市内での位置情報はわかるはずなのに。いつもならそれでエリロスの居場所が母親にバレてしまう。

――〈ラミナ〉内の電波が極めて弱くなっています。

エリロスは不安そうにアイを見つめる。

アイはぱっと立ち上がって、エリロスに手をのばした。

「家に戻ろう。誰かは帰ってる時間でしょ」

ふたりは苦労して八十階下の自宅のあるフロアまで降りたものの、残念ながらエリロスの家にもアイの家にも、親たちは帰っていなかった。

「いっしょに避難してるのかもね」

「だと良いけど」

ふたりはエリロスの部屋で過ごすことにした。

雨はやんで、星空が広がっている。

地上千五百メートルから見える範囲には――多くの人々が〈ラミナ〉に集まり住んでいるとはいえ――いくつかの街の灯《あか》りがあったはずなのに、今はひとつも確認できない。ふたりはしばし見つめあってから、だまってカーテンをしめた。

ふたりがベッドに入ってしばらくすると、カーテンのむこうから、窓ガラスを打つ雨の音がかすかに聞こえてきた。

遠くの夜が蠢いているみたいだった。

4　ふたりきりの朝食

どれだけの時間がたったのか、九歳のエリロスとアイにはもうわからなくなっていた。

いきなり流れはじめたアナウンスでふたりは目をさます。

――危険な大雨が発生しております。みなさま、慌てずにその場にとどまってください。外に決して出ないでください。

　永遠に降る雨のなかに閉じ込められてしまったような気がした。

「あの青い雨、いつ止《や》むんだろう……」

「だいじょうぶ、だいじょうぶだから。しばらくここにいよう」

　アイはエリロスの肩をさすった。

　ふたりはおなかがすいていることを思いだして、キッチンに向かった。フードプリンターとドリンクサーバーを動かし、エリロスは牛乳とハムサンドを、アイはフルーツジュースとオムレツを食べはじめた。どれもその場で〝印刷〟されたもので、ふたりにはおなじみの朝食だ。

——実はこのとき、この食事供給システムの一部には青い雨が入りこんでおり、ふたりに何も起きなかったのはただの偶然だったのだけれど、その可能性に気づくにはふたりは少しおさなく、あるいはつかれはてていた。

　アイがつぶやく。

「あれ、病気だったのかな……」

「ウイルスみたいな？」

「わかんないけど」

　外の様子が知りたくて部屋から出たふたりが廊下に座り込んで休んでいると、大きな足音が近づいてきた。

　——生存者だ！

――こどもだ！

どうやら上からきた人たちらしい。

いっしょに避難しようと言われて、エリロスは困ってしまう。

「あの、私はママとパパがいるので」

「わたしも！」

アイも親から離れたくない。

しかしおとなたちからは、通信は機能していないものの、みんな集まりながら移動していて、最終的には地上フロア――一辺千メートル以上ある最もひろい正方形の空間だ――で会えるはずだと言われ、ふたりはいっしょに行くことにした。

きっとそのうち親に会えるだろうと、エリロスもアイも信じようとしている。


それから三日をかけて、二十人ほどのおとなたちといっしょに、エリロスとアイは塔のちょうど中間地点にたどりついていた。青い雨のせいなのか、塔の機能は失われつつあり、エレベーターは止まってしまっていて、移動は徒歩だ。二千メートルの塔の階段を一気に駆け下りていく青年たちはいたものの、ふたりが行動を共にしているグループには高齢者もいて、ゆっくりと移動する方針だったのだ。

フロアごとに見て回るといろいろなショップも開いていたが、おしゃれなものの買い占めもはじまりかけていた。ふたりはちょっと多めのお小遣いをもらっていたので、アウトドア用品店でレインコートと長靴を買うことにした。コートは風を外に向かって吹きだす機能があり、顔に雨粒がつかないようにすることができる。

　ふたりはのちにこのことを話し合う。塔の中層部にいた人々は上の雨のことも知らず、地上で何が起きているかも知らず、単に窓が割れただけだと思っていたのだろう。それゆえ、このとき人々はおしゃれなものがなくなると思っていたに違いない。そのこと自体は確かにそうだったのだけれど。

「え、リュックサックも買うの？」

　とエリロスがアイにたずねる。

　アイは自信満々に、

「冒険っぽくなるじゃん！」

　エリロスも、アイが冗談を言っていることは、よくよくわかっている。不安をすこしでもへらすために、はげまそうとしてくれているのだ。

　ふたりが一階にたどりついたのはそれからさらに三日後の昼のことだった。

「外、あつそう」

　エリロスは一階ロビーの床に座りこんで、ガラス壁の向こうをながめた。

　まわりにはほとんど人はいない。外に出ていったのか、まだ塔のうえにいるのか、それとも――エリロスはこわくなって考えるのをやめた。

「ゆれてる？」

アイが先に気づいた。

「うん。もしかしてこれは――」

エリロスは言いかけるが、轟音《ごうおん》にかきけされた。

足元が大きく揺れる。

いっしょに来ていたおとなたちが騒ぎ出す。

――水だ！

――青い！

階段を駆け下りてきたたくさんのおとなが、そのまま外に走り出していく。

直後、大量の青い水が階段のうえからふきだすように流れ出てきた。

――きみたちも外に！

そうふたりに叫んでくれた都市スタッフは青い洪水に両足をとられて、たちまち姿が見えなくなってしまった。

「エリロス！　雨止んでる！」

「うん！　行こう！」

ふたりは外に向かって走り出した。

そこは、初めて見る外だったが、未知の世界にたいして感動したり、恐れを抱いたりする余裕はまったくない。

ふたりを追うように、ロビー玄関からは大量の水が吹き出して、青い濁流となって迫っていたからだ。

塔のまわりは広く公園のように整備されていた。

ふたりは全力で走り続け、気づけば、遊具の前にいた。てっぺんに小屋がついている大きなジャングルジムだ。

空はますます暗く、いつまた雨が降ってきてもおかしくない。

ふたりはジャングルジムをのぼり、小屋に飛び込んだ。

直後、激しい雨が小屋の屋根をはげしく叩く。

エリロスとアイはきゅうっと身を寄せて目をつむった。

5　あらしのたまご

どのくらい抱き合っていただろうか。

いつのまにか眠っていたふたりがうっすら目をひらいたときには、あたりの景色は大きく様《さま》変《が》わりしていた。

ふたりが逃げ込んだ公園は高台にあったらしく、今ではまるで孤島のようになっていた。

青い洪水で、塔の周辺はすっかり水浸しだった。とても戻れそうにない。いま中はどうなっているのか、不安でふたりは何も考えられなかった。

青い水はまわりの土地をも呑《の》み込み、あちこちで新しい川が流れている。

公園からさらに高い台地に抜けていく道だけが奇跡のように残っていた。

エリロスとアイは何も言わず、どちらからともなくジャングルジムを降りて、その道を歩き出した。他に選択肢はなかった。

歩き出してすぐにふたりは異変に気づく。

「アイ、寒くない？」

「寒い！　雨が降ったからなのかな」

このあたりは——都市から出たことのないふたりは知識として知っているだけだけれど——野外気温は冬でも二十度を下回ることなく、夏には毎日のように五十度を超えているはずだった。

地平線のむこうに雨雲が見える。雲は時々青く不気味に光っていた。

ふたりは雨や台風についても、学習用の映像以外では地球を舞台にしたＳＦゲームで見たことがあるだけだ。

雲の下ではあの青い雨が降っているのだろうか。

エリロスとアイはともかく雲から遠ざかろうと、のろのろと歩き続けた。

夕方になって、ふたりは木々に囲まれた大きな湖に——はじめて見る、おそらく湖と呼ぶべき大きな水たまりに——たどりついた。一周するのにどのくらいかかるのか見当もつかない。

湖畔のところどころに、小さな建物が点々としているのが見えた。

エリロスは湖をみつめて、

「きれい」

「青すぎ。絶対飲めないよ」

アイに言われるまでもない。

今日まで、地面の水を飲むなんて――都市内で疑似キャンプの授業はあったけれどそのときでさえ――考えたこともないふたりなのだ。

「でも……あれが飲めたらな」

イヤリングは少し動くだけで自動的に充電されるが、ＡＩとの回線も他の人たちとの通話も、都市から離れた今となっては機能しない。

「ここじゃなくてもＧＰＳで位置はわかるはず」

アイはエリロスと自分を鼓舞するように言う。エリロスの手をぎゅっと握りながら。

エリロスも同じ強さで握り返す。

「ママたち、いつか迎えに来てくれるよね？」

エリロスもわかっている。いくらＧＰＳが生きていても、自分たちを探してくれる人がいなければ何の意味もない。

「当然でしょ！」

そう言いながらエリロスは青い水に流されてしまったのかもしれないパーティー会場を思い出す。

あの洪水のなかには親も友達も誰も呑みこまれていないのだ。そう信じることにする。

ふたりは湖のほとりに座り込んだ。

のどもくちびるもからからだ。

ふたりはしばらく見つめあってから、確かめるようにうなずいた。

アイはペットボトルを一本開けて、エリロスのまえに差し出した。

「アイが先に飲みなよ……」

「いいから。エリロス……」

これがこの世界で、どこまでも貴重なものだということはわかっている。

きれいな——青い雨が混じっていない——水なんて、もうこの世界にはないのかもしれない。

ふたりそれぞれの背中のリュックサックに一本ずつ入っている五百ミリリットルのペットボトルに入った水が、世界最後の水だったら——そう思うとふたりの目からは涙がこぼれるのだった。それに、自分たちが最後の生き残りだったとしたら……。みんなどこに行ってしまったのだろう？

「エリロス、お願いだから泣かないで」

「アイだって泣いてるじゃん」

ふたりはしだいにおしゃべりをする元気もなくなってきたが、アイがとつぜん声をあげた。

指さす先に煙がたちのぼっている。

「いこう！　人がいるかも」

エリロスも希望をいだいて立ち上がり、ふたたび進みはじめる。

湖畔づたいに歩いていくと、数人の声が聞こえてきた。ふたりは興奮しつつも、注意深く近づいていった。

キャンプをしているようだ。

てかてかした派手なジャケットを着ている若者もいる。〈ラミナ〉住民か、それとも近くの地上の街の人なのか。

キャンパーたちは焚《た》き火で何かをあぶりながら、話し合っていた。

——自分がいたグループでは〈モザイク病〉と呼んでいた。

——名前があるってことは、もう研究されているってことか？

——ちゃんと見たことないのか。皮膚のうえをモザイクみたいな染みが広がっていくんだよ。

——見た目そのままってことか。染みこむのは皮膚だけか？

——違う！　……オレは見たんだ。モザイクが広がった皮膚を……助かろうとしてナイフで切っても……肉の中までモザイクは染みこんでいた……!!

おとなたちの目はなんだかぎらぎらしていて、人ではないみたいだった。都市の中では、あんな目は見たことがない……。

ふたりは気づかれないようにその場をあとにした。

この一帯は大きな公園かキャンプ場だったらしく、屋根のある休憩所もあった。ここであれば雨をしのげるだろう。豪雨に耐えられるかどうかはわからなかったが、ないよりはましだ。

ふたりはベンチで横になった。すぐにまぶたがさがってくる。

「ね、エリロス知ってる？　外の世界には、氷でできた街があって、そこにたくさんの飛べない鳥がいるんだって」

アイはときどき冗談めかし、突拍子もないことを言う。

エリロスは街も鳥のことも知らなかったが、見栄《みえ》をはって自分の知識を披露した。

「ななめに地面から生えてる塔は知ってる？」

「なにそれへんなの」

ふたりはくすくす笑う。

「行ってみたいね」

「いっしょにね」

今日の夢はなんだろうか。シャーベットの鳥が、ななめに生えている夢だろうか。

ふたりは、手をつないだまま眠りにおちた。


翌朝、音に敏感なエリロスは、アイよりも先に目がさめた。

湖の表面が波立っているようだった。

青いしぶきが舞いあがっている。

「なに……あれ……。青い……あらし？」

エリロスはアイをゆさぶる。

「アイ！　起きて！」

湖のうえで青い霧がうずまきはじめていた。

風が強くなっていく。このままだと、自分たちのほうまで流れてくるかもしれない。

先にアイが決断する。

「行こう。エリロス」

「逃げるの？」

「ここじゃだめ。もっと安全な場所をさがそう」

ふたりはずいぶん走ってから、ふりかえった。

木々の向こうに、青いあらしのたまごが生まれつつあった。

6　遊園地

見えてきたのは巨大な街のようでもあり、こども向けのショッピングモールのようでもあった。

ゲートをくぐると、塔の中と同じようにこまごまとしたお店がならんでいる。

その中に、パステルカラーで塗られたちょっとかわいいお店があった。グッズショップのようだ。

遊園地は〈ラミナ〉にもあった。ここは近くの街の人や、あるいは塔の住民も遊びに来るような場所なのだろう。塔を出たことのないふたりにとっては、めずらしいながら、ほっとするところでもあった。

ふたりは周りをよく見ないまま、中に駆けこんだ。非常灯だけの店内は暗く、エリロスは何かやわらかいものにぶつかって、転んでしまった。

ぶつかってきたのは、『ピンク・パンプキン』という、ふたりも見ているアニメーションの主人公の大きなカボチャ型のぬいぐるみだ。

もしかするとクッキーのようなお菓子もあったのかもしれないけれど、店内はすっかり荒されていて、何も残っていなかった。

「私たち、どうなるのかな」

エリロスは急に不安におそわれてしまった。——もう両親には……。

「大丈夫!!　ここは洪水に呑まれてないし、みんなどこかにいるんだよ。お菓子もっていかれたのはむかつくけど!」

アイはいつだって安心させようとしてくれる。ずんずん建物の奥のほうに行って、見回ろうとする。

奥はちょっと不気味だった。つぎはぎだらけのモンスターのはりぼてが置かれていたり、白いぬのきれがぶらさがっていたり……。ハロウィンをテーマにしたお化け屋敷だ。パンプキンのぬいぐるみがあったのは、お化け屋敷にくっついているグッズコーナーだったのだ。

エリロスは立ちどまった。

「音、した?」

アイには聞こえなかったようだが、緊張しているようだ。

「……おばけだよ!」

エリロスは泣きだしそうになる。

——おばけ!? 私が? あはは!

声はカウンターの奥から聞こえた。

エリロスはアイのうしろに隠れながら、そっとうかがう。

「ごめんごめん。私は人間だよ」

そう言ってカウンターから顔をのぞかせたのは、ひとりのおとなだった。ながい金髪をたらしている。

エリロスはその笑顔にほっとして、そのまま気を失ってしまった。

7 テア

くちびるに、何かがしみわたっていく。

「気がついた?」

ふたりはクッションが敷き詰められた部屋に寝かされていた。水を飲ませてくれたのだ。かべぎわには水のボトルがはいった棚がある。

じっと見つめているエリロスに気づいたのか、金髪の人がさきに言う。

「残念ながら残りはあそこにあるだけ」

エリロスたちは言葉を失う。

「大丈夫、大丈夫。探せばきっと何かみつかるから。あとでいっしょに行こう」

ふたりは案内されたスタッフルームらしき部屋で缶詰の乾パンをわけてもらい、わずかながらおなかを膨らませることができた。

気遣ってくれるおとながそばにいることが、ふたりに安心感をもたらした。

彼女はテアと名乗った。北極圏のグリーンランド出身で、あのパーティーに招待されていたのだという。

アイがたずねる。

「あの、おねえさんはこのお化け屋敷に住んでるんですか?」

「パーティー苦手だから遅れていこうと思って。そのときにはもう空港は大混乱だったけど。本職は理論物理学者で――ええと、つまり自然を理論的に研究する人ってこと」

ふたりはピンとこなかったが、研究者と一緒ならなにかがわかるかもしれないという期待もあった。

テアは奥の事務所を自分の研究室にしていた――といっても、即席の小さな研究室だが。青い水がはいった瓶も棚にならんでいる。もとはキャンディーやスナック菓子が入っていた容器だ。洪水のあと、モールの飲食店や文房具店などからかきあつめてきたもので工夫しているようだった。

アイがたずねた。

「あの、何なんですか、この青い雨」

「何って質問はむずかしいね。どうしてって質問も答えにくいんだけど」

エリロスは首をかしげた。

「どちらの質問も、求められている答えの水準がわからないから。とりあえず私の言葉で答えよう。まずこの青い雨は、強毒性の青い粒子をふくんだ水だね。だからそれをとりのぞけば普通に飲める」

テアはポケットから端末をとりだしてふたりに見せる。それはテアがようやく片手で持てるほどの機械だった。

「何ですか？」

「カメラでしょ」

エリロスとアイはぐぐっと顔をよせる。

テアは裏面のレンズを指さして、

「半分正解かな。ここから出る光を調べたいものに当てると、その反射光から色々わかる。粒子の大きさとか速さとかね」

「りゅうしって何ですか？」とアイ。

「小さいつぶつぶのこと。ただしこれは、粒子としては大きい部類だね。だから除去するのはそんなに難しくない。青がひとの皮膚のうえにモザイク状に広がりながら――」

「やめて！」

エリロスがさけんだ。

テアがほほえみながら、

「ごめんごめん」

「……あの病気、治らない？」

アイがおそるおそる尋ねる。

「病気というべきか、傷というべきか――治るタイミングは……うん、青い粒子が人体にくいこむ前に洗いながせば大丈夫。たぶんね」

いつのまにか雨音はきこえなくなっていた。

「雨って……昔はそのまま飲めたって」

エリロスがうつむいたままつぶやいた。

アイが寄り添いながら、

「わたしもひいおばあちゃんに聞いたことがある」

テアはほほえみ、ふたりに語りかける。

「世界ではじめての雨は、強い酸が混じった熱湯で、飲むことはできなかった」

「酸⁉」

「熱湯！」

テアはふたりの頭をやさしくなでる。

「アイのひいおばあさんはとても幸運な時期に、幸運な場所に住んでいたんでしょう。私のこどものころには、雨には様々な化学物質がふくまれていて、とてもとても飲むことなんてできなかった。今の青い雨にくらべれば、かわいいものだったけれど」

怪訝《けげん》な顔をしたエリロスの頭をテアがぽんぽんと叩く。

「いつかエリロスも降ってくる雨をあびられるようになるといいね。きみたちの子か孫の世代になるかもしれないけど。——そうだ、きみたちにも水の実験場所を——」

テアが言い終えるまえに、部屋に音がなりひびいた。

アイがぱっと立ち上がる。

「なに？」

「警報システム。侵入者かな」

テアも静かに立ち上がった。

「盗難防止用の設備をいじったんだけど、さっそく役に立っちゃったかな」

「わるい人⁉」

エリロスはまた縮こまった。

テアが端末を確認する。

「なにかがセンサーにひっかかった。でも、まだ敵かどうかわからないよ」

画面を動かしながら、テアは続ける。

「この世界は……本当はもっと広くて、もっとのんびりしていて……私たちのまわりにいるのは敵と味方だけじゃないんだよ」

「全然のんびりしてないし！　敵でも味方でもないならなんなの？」

エリロスは叫ぶ。

こんなふうに誰かをつよく恐れ、疑うことなんてなかった。なのに雨が変えてしまった。

テアはほほえみ、告げる。

「わからないものたち」

「なにそれ！」とエリロス。

「それは私たちと友達になってくれるかもしれないし、私たちを殺しに来るかもしれない。そのほとんどはずっと遠くにいて、永遠に私たちと出会うことはない——そういう、わからないものたちに私たちはずっととりかこまれている。いや、私たちもそんな世界の一部」

エリロスは不安になってテアを見返す。

「私はそんな世界こわい」

テアは明るくにっと笑った。

「わかっているものばかりの世界よりはずっといい——おねえさんはそう思う。きみたちの答えはもっと大きくなってから教えて」

モニターが起動して、三人が顔を寄せる。

テアが外に付けていたという防犯カメラが動く影をとらえていた。

それはまぎれもなく、人間のおとなだった。

見覚えのある赤いジャケットにアイが気づく。

「……湖にいた人⁉」

「私たち怖くて逃げ出して……。追いかけてきたのかな？」

画面に映るキャンパーは、うろうろしながらも、グッズショップに近づいていた。

「きみたちは逃げて正解だったね。あらゆる小さな生命体がそうしているように」

テアのひどく低い声を聞いて、エリロスとアイはますます怖くなってしまった。

しかし事態はもっとひどかった。

画面に映るキャンパーは、その手に——ふたりもテアも映画でしか見たことのない——銃をもっていたのだ。

8　決断

ショップ入り口のドアはあっというまに壊されてしまった。

キャンパーは積んであったぬいぐるみやおもちゃの山をくずしながら奥に進んでくる。

——水も食い物もないのか。

しょせん遊園地内のおばけ屋敷だから、数十分あれば出てこれるような小さな施設だ。すぐに奥の事務所に来るだろう。

テアは、エリロスとアイをすばやく事務所の裏手にある倉庫のぬいぐるみの奥に押し込んだ。

「いい、静かにしてて。私はお化け屋敷エリアにあいつを引き付ける。もしかするとここの事務室はバレちゃうかもしれないけど、きみたちはここにいれば大丈夫だから」

エリロスはテアにだきつく。

「テアさんと離れたくない！」

「いっしょにいく！」

アイもテアにしがみつく。

しかしテアはふたりをゆっくりとひきはがして、

「だーめ。おおぜいで動いたら見つかっちゃう」

テアはふたりのまえに椅子やコンテナをつみかさねた。

「おとなしくね」

そう言ってテアが姿を消した直後、ふたりは前につまれたぬいぐるみを押しのけるのだけれど、なかなか外には出られない。

そのうち、建物の外から争いの音がきこえ、エリロスは冷静でいられなくなった。

「やめてやめて！」

アイはコンテナに体当たりをして、ようやくわずかなすきまをつくることができた。

エリロスの耳には雨音のなかに争い合う声が聞こえた。

——このガス……！　湖からついてきたのか⁉

——何のこと？　それより、その物騒なものを置いて！　水と食べ物はわけるから！

——うるさい！　この青に仲間がやられたんだよ‼

直後、ふたりはまたもはじめての音を聞くことになった。

映画やゲームでは何度も聞いたことがある——銃の発砲音だった。

「撃った……！」

エリロスはもう倒れそうだった。

この世界はめちゃくちゃになってしまった。

尖塔都市〈ラミナ〉では、病気や暴力は完全に排除されていた。

世界は広く、敵でも味方でもないものたちがいるとテアは言った。しかし今、エリロスには世界そのものが敵だとしか思えなかった。

雨は降っていなかった。ふたりは裏口から静かに外に出た。

きっとテアとキャンパーは銃をめぐって取っ組みあっているのだろうと、ふたりはショップの角からそっとのぞいた。

しかし屋外では予想もしなかったことが起きていた。

青いガスが上空から降りてきて、キャンパーの全身をつつみこもうとしていたのだ。

キャンパーは右手に銃をもち、左手でテアをつかんでいる。

――なんなんだ！　この青は！

キャンパーが叫び、銃を落とした。

その顔や手にはすでに青いモザイクが濃く広がっている。

テアはキャンパーの手をふりほどき、青いガスから遠ざかった。

エリロスとアイがかけよる。

テアはふらつき、その場に倒れこんだ。

「アイ、エリロス、私にさわらないでね」

テアの腕や首にも、青黒いモザイク状の斑紋《はんもん》が蠢きながら広がっていく。

青いしずくがいくつもいくつもテアの顔や腕に落ちていて、不自然な三角形のかたちに広がりながらつながって、テアの全身を呑み込んでいく。

エリロスは涙がとまらない。

そのとき――頭上から何かがきしむような音が聞こえて、ふたりはゆっくりと顔をあげた。

ひさしがたわんで音を出しているのだ。

と思った次の瞬間、ひさしが割れて、大量の青い水が落ちてきた。

「エリロス！」

アイがすばやく手を伸ばして、エリロスを引き寄せる。

青い水が落ちてくるまでの一瞬のあいだ――ふたりは思いっきり跳んで、雨を頭からかぶらずにすんだ。

しかし――「あ」というアイの小さな声を、エリロスは聞き逃さなかった。

青い雨がアイの右手にかかってしまっていた。青い雨粒がアイの肌にいくつも落ちている。

テアがかすれた声で、

「……エリロス？　アイ？　どうしたの？　キャンプの人は？」

モザイクはすでにテアの眼球まで広がっていた。ほとんど見えていないのだ。

エリロスが泣きながら答える。

「キャンプの人は……！　死んじゃった！　アイの腕に雨がかかっちゃった！」

たちまち水は皮膚のうえで三角形に集まりはじめる。

この瞬間のことをエリロスは決して忘れない。

エリロスはアイを室内にひっぱりこんだ。

塔で雨を浴びた人たちのことを思う。青い雨は皮膚にしみこむまで、そう時間を要さないはずだ。

エリロスはアイから手をはなして、旅の日々で決して開けなかったリュックサックを乱暴に開いた。

「エリロス！　だめ！　その水は……！」

アイが叫ぶ。

それは聞こえている。

安全な水はすぐには手に入らないだろう。浄化の方法を見つけ出せたかもしれないテアも死んでしまう。

今エリロスが手に持っているのは最後の水で、エリロスはそれを少しずつ飲みながら、もっと物がたくさんある場所をさがすべきなのだ。

そんなことはわかっていた。しかしエリロスはもう迷わない。

「この水は、今、ここで、アイの命のために使う」

「エリロスが飲んでよ！　ばかあ！」

エリロスはかまわずふたを開け、汚染されていない水をアイの手にふりそそいだ。

「手で……こすって！」

テアが声をしぼりだす。

アイはそそがれる水を右手でうけとめる。

アイの腕から青い雨水がうかびあがり、流れ落ちる。

青いモザイクは出ていない。肌に青は食い込んでいなかったようだ。

エリロスはもう一本も開封して、アイの手に水をふりそそぐ。

「エリロス！　アイ！　生きてね……！」

テアの声は――のどにも青がとどいているらしい――きびしい痛みを乗り越えて出されたものだった。

ふたりは泣きながらテアの名を呼ぶ。

しかし返事はもうなかった。

それは何度も見てきた光景だった。

アイはぼろぼろと泣き崩れる。

「もうやだ！」

エリロスはアイを抱きしめて、悲しみと強さが混じり合った声で言う。

「絶対！　ふたりで生き延びるよ！」

第二章　AO《アモルファス・オレンジ》　アイ／２１１５年

1　出会い

くりかえし降りつづける青い雨をしのぎ、貴重な晴れ間の時間を駆け抜けて、アイとエリロスは高原の上の野菜工場にたどりついた。生まれ育った塔の都市から何週間分も歩かなければならなかった。

あのあと、ふたりは泣きながらグッズショップに戻り、翌日になってテアが残した地図をみつけた。人が生きていけそうな――高台にあって太陽光発電ができる――自律的な工場やショッピングモールに、テアは目印をつけてくれていた。

最初にたどりついたモールは大量の青い水の下に沈んでいた。

しかしもはやふたりは絶望することすらできず、つかれきった両足を動かして次の地点に向かい、そこで一ヵ月ぶりにおとなたちに出会ったのだった。

あとになってわかったことだけれど、テアが印をつけていた十ほどの場所で、発電機能が残っていたのはこの野菜工場だけだった。

そこは閉鎖循環型の水耕栽培工場で、水はまったく青く汚染されていなかった。公平に言って、この水の存在が――あの雨から少なくとも数年は――ここにいたおとなたちと、それからアイとエリロスが生き延びることができた唯一の理由だろう。

衣食住の余裕もあったからこそ、九歳だったアイとエリロスは哀れまれ、家族として受け入れられた。とはいえこの崩壊した世界において、憐憫《れんびん》のような感情が集団に生まれること自体が奇跡であり、そこに避難していたおとなたちはたぐいまれな人々だったと、アイは述懐《じゅっかい》するのだった。

あれから十六年が経った今、ふたりは二十五歳になっていた。

短距離用の通信機器も復活し、ふたりは互いの移動機械〈クレイドル〉のコクピットから呼びかけ合いながら、あいかわらず青い雨が降りつづく地上を探索していた。

「エリロス、競走しよう！　いつもの河原まで！」

——いいよ、アイ！

これまでは雨が降れば、一歩も外に出られなかった。青い雨は〈モザイク病〉をひきおこし、二一一五年現在においても、人類は治療方法をもっていなかったから。しかも青い雨は洪水になりやすく、人々の避難所をいくつも押し流していった。

人々はいつしかあの大災禍《さいか》を〈新月の涙〉と呼ぶようになっていた。ふたりにとっても決して忘れられない、青い雨が降りはじめたあの日が、月の見えない新月の日だったことに由来するらしい。と言っても、ふたりはあの日の夜に月が出ていたかどうかなんて、憶えていないのだけれど。

人々の暮らしも自然の風景も〈新月の涙〉以来、すべてが変わってしまった。世界規模の通信や流通は失われたまま、恢復《かいふく》する気配すらない。

目のいいアイが、遠くの変異に気づく。

「向こうの森、前より紅葉《こうよう》してる。別に寒くなってないのに」

――植物にくわしい人が、ブルーシストのせいだって。

野菜工場でおとなたちと過ごしていた幼いふたりが、ひさしぶりの晴れ間に外に出ると、世界はあざやかに一変していた。工場の入口から見える草原も森も、赤や黄色に変わっていたのだ。それから、紅葉した領域は月単位あるいは年単位で遷移しながらも、いつまでも消えることはない。

草木が色づく原因は様々にあって――〈新月の涙〉後にこの地域の平均気温は下がり、雨量も非常に増えたのだけれど――ブルーシストが植物に強い環境ストレスを与えているために、この異常紅葉が広く起きているというメカニズムは、のちに証明されることになる。

ふたりがたどりついた野菜工場も永遠ではない。青い雨以前の科学技術をもってしても、工場内の機器は劣化していくし、天井の太陽光パネルは青い雨のせいですでに発電能力が落ちはじめていたのだ。

パネルに透明カバーをかけることでいくらかの延命はできたものの、そのカバーは野菜工場でつくることはできない。工場だけで生きていくことが不可能なのはあきらかだった。

野菜工場にあったキャタピラー駆動の運搬車に、近隣の廃工場で回収できた強化ガラスの窓がついたコクピットを載せたものがつくられたのは三年後――二一〇二年のことだった。そのころには太陽光パネルの発電能力は半分まで落ち、野菜の生産量は七分の一になっていた。

操縦者は当初、もちろんおとなたちだったけれど、試運転をくり返した末に、十二歳になったばかりのアイとエリロスが選ばれた。

もともと工場で運搬車を使っていたおとなたちもいたのだけれど、アイとエリロスの操縦者適性は突出していた。荒廃した先の見えない地形に即応して立体的に高速移動できる機体操作技術は、もしかすると塔で暮らした幼小期に身についた幾何学的感覚だったのかもしれない。

工場から出て外界を動き回るふたりのような存在を、おとなたちはいつしか〝漂流する者〟――〈ドリフター〉と呼ぶようになった。

ドリフターにとって最も重要な感性は、青い雨とそれにともなう洪水に対する予測能力だった。いくらコクピットが密閉されていても、雨は――都市の外壁を腐食したように――装甲もキャタピラーもたちまち青く錆《さ》びさせてしまう。まして洪水に巻き込まれてしまえばひとたまりもない。

青に対する感受性が高いアイとエリロスはすぐに行動範囲を広げ、水没をまぬがれた太陽光パネルやその他の物品を次々と回収した。

ふたりが工場近くの森で木材を回収していたとき――アイはその優れた視力で、エリロスは鋭敏な聴力で――これまでとは違う青が近づいてくるのを感じたのだった。

それは青い異形《いぎよう》だった。

五メートルをゆうに超えるその存在はオオカミに似ていたが、全身が青く、それだけでも通常の野生動物ではないことがわかる。いや、果たして生物と言えるのかどうか。

地上探索は他のコミュニティでもはじめているに違いない。いつかは誰かに出会う可能性はあるだろうと話されていたのだけれど、その相手がまさかこんな怪物だなんて。

アイは一瞬で、その青いオオカミが後ろ足を引くのを見た。駆け出そうとしているのだ。

「エリロス！　逃げるよ！」

――わかってる！

しかし移動機械の最高速度は平地でせいぜい時速二十キロメートルで、通常のオオカミにも追いつかれてしまう。

あえなく回り込まれたアイ機とエリロス機は、すぐさま息を合わせて左右に展開した。いきなり攻撃対象が二手にわかれて、青いオオカミはしばしその場で様子をうかがう。

「戦おうか」

――武器もないのに勝てないよ！

野菜工場では植物性タンパク質から人工肉をつくることもできたため、狩猟をするという発想はまったくなかった。もし何らかの装備があったとしても、巨大な青いオオカミには効《き》かなかっただろうけれど。

そいつはアイ機のほうを狙うことに決めたらしい。

余計なことを考えるひまもなく、アイ機は地面に叩きつけられた。

コクピットの窓には青い爪がするどく突き刺さっている。

「うそうそうそ」

アイは必死に操縦桿《そうじゅうかん》を動かすのだけれど、機体は抑え込まれてびくともしない。キャタピラーがむなしく空転するだけだ。

大きな音を立てて窓ガラスがまるごとひきはがされ、青いオオカミがぬうっとアイに顔を近づけた。

青い体はゆらゆらと煙のようにゆらめいていた。

開いた口の中にも、青い牙が並んでいた。その奥でなにかがオレンジ色に輝いている。

直後、オオカミが吹き飛んだ。

アイはすかさず機体を起こして態勢を整える。

目の前では、二脚でしっかりと大地に立つ、初めて見る人型機械が三機、その機体用に作られたらしい大きなライフルを連射していた。

オオカミの体内にあったオレンジ色の球体が撃ち砕かれて、体とともに青い煙となって消えてしまった。

左右の二機は周辺に散開していく。他にもオオカミがいないかを確認しに行ったのだろう。

残る一機が――若干もたつきながら――アイ機のそばに歩み寄ってきた。

窓のないコクピットの上部ハッチが開き、中から赤毛の青年が顔を出した。青年と言っても、アイより数歳年上くらいだ。

「あの青いオオカミは?」

「倒したよ。よくこんな軽装備で出てきたな」

「ちがう。今のなに？」

「知らないのか？」

「外に出たの、最近だから……」

「あの雨がふりだしたあと、いつからかはわからないけど、ああいうのが現れはじめたんだよ。正体はわかってないけど、オオカミ以外にも、クマみたいなのもいるし。初めて倒すまでに仲間が何人死んだか……」

「仲間？」

「そうか、きみはもぐらみたいに地下にこもってたのか」

「もぐら⁉」

アイはバカにされたことを察知して、相手をにらみつけた。

「ごめんごめん。おれたちだって外に出たのは二年前だしな。……きみ、うちに来ないか」

「──え？」

「考えておいて。おれはクリストッフェル」

「わたし、アイ……」

クリストッフェルはアイたちの工場《ファクトリー》から直線距離にして五十キロメートル離れたショッピングモール跡地から来たという。方角と距離さえわかれば行くことは難しくない。

「いつでもおいで」

そう言ってクリストッフェルの機体は軽やかに森の奥へと消えていった。

「クリス──なんだっけ？」

2　AO結晶

二十五歳になったアイとエリロスは河原に向かって競走中だ。

あのときのクリストッフェルの機体よりもはるかに軽く高速で、しかし強靭《きょうじん》な機体に乗って。

「今日はわたしの勝ちだね！」

──まだわからないよ！

エリロスの陽気な声がコクピットにひびく。

負けじとアイは機体を巧みに操って、森の斜面を蹴っていく。

木々の切れ目から水のきらめきが見えた。

「やった！」

──まだまだ！

エリロスは外部センサーで川の音を聞いて、最短ルートの草むらを突破する。

二機は同時に河原に着地した。

ふたりはコクピットのハッチをあけて笑いあった。

「エリロス、ランチと仕事、どっち先にする?」

「当然ランチでしょ!」

ふたりは機体を降り、河原の大きな石に座った。

エリロスは、サンドイッチとフルーツが入ったバスケットをどさっと置いた。そのほとんどは、今もエリロスが暮らしているコミュニティ〈ファクトリー〉で人工培養された食材だ。

アイは一口食べて、

「おー、ふるさとの味!」

「そういうこと言うと泣いちゃうから!」

十二歳だったときのアイは、森でのクリストッフェルとの出会いのことを、しばらくのあいだ〈ファクトリー〉のおとなたちには言わなかった。

どんなことが起きるかわからなかったからだ。テアと過ごした遊園地での出来事がまず脳裏をよぎったのだ。

しかし森での出会いから数日後に事態は急転した。

野菜工場のおとなたちの半数が熱病にかかり、エリロスも倒れてしまったのだ。

アイはためらうことなくクリストッフェルをたずねた。

そのコミュニティ〈モール〉では病院が機能しており、十人以上の医療スタッフが勤務していた。

エリロスたちはただちにそこへ運び込まれ、生産が復活していた抗生物質を投与されて、数日で全快したのだった。

　その間、アイはクリストッフェルに誘われて、〈ゆりかご《クレイドル》〉と名付けられた二脚歩行機械に乗せてもらうことになった。

　アイはファクトリー製の移動機械に習熟していたこともあってか、たちまちクレイドルを乗りこなして、その場のドリフターたちを大いに驚かせた。

「だからって〈モール〉に移住することなかったのに！」

　二十五歳になった今も、エリロスは文句を言っている。

「あのころ〈ファクトリー《そっち》〉はいっぱいいっぱいだったでしょ。ほら、昔のことはいいから。はい、〈モール《こっち》〉のはこれね」

　アイは、ポットに入ったスープと、箱いっぱいに詰められたパイ生地のお菓子をエリロスに渡した。〈モール〉の誇る調理スタッフが作ったものだ。

「エリロスに会うって言ったら、うちの連中、これも持ってけ、あれも持ってけって。エリロスのファン多すぎ」

「そんなの。うちなんて絶対アイ連れてきてくれって、みんな大騒ぎ」

　今ではふたつのコミュニティは交流を深めながらそれぞれに成長して、〈ファクトリー〉では食料に加えて化学物質や薬剤の生産もはじまり、〈モール〉では医療や工学の基礎研究が盛んになっている。周囲の探索範囲も広がり、今では十のコミュニティが大きな共同生活圏を構成していた。

「〈ファクトリー《うち》〉はたいていのことを、最初からいた人たちが勝手に決めちゃうんだよね。悪い人たちじゃないんだけど、最近ますますひどくなってる」

「〈モール《こっち》〉は反対に、なんでもみんなで話し合って決めるんだ。意見が割れたときは多数決だけど、結論が出たあともずっと話してる」

「なにそれ！　良いなー」

　エリロスは自分のコミュニティへの文句がかなりたまっているようだ。

　しかしアイはアイで不満がある。

「こっちはこっちで大したことない議題で何時間も話しちゃって。おかげでドリフターの動きも遅い。エリロスとの共同行動だって、散々話し合ってようやく承認されたんだから」

「そうか。こっちはアイと一緒だったら問題ないって、一瞬で決まったよ」

　今では十すべてのコミュニティにドリフターがいて、全員が〈モール〉製のクレイドルに乗っている。

　ドリフターの中でもアイとエリロスは最優秀として内外に認められており、最新型の機体が与えられていた。

「じゃあそろそろ行くかー」

　アイはクレイドルに乗ってレーダーを起動させ、姿勢制御すると器用に歩き出す。レーダーには、数十メートルほど離れたところに光点が表示されていた。エリロス機と距離を保ちつつ、光点の方向に並んで移動していく。

――こどものころは太陽光パネルとか探してたよね。あとは木！

「探してた探してた。今でも素材系は持って帰るけどね」

――で、〈ＡＯ《エーオー》結晶〉ちゃん、このへんっぽいけど。

「あとは目視だね」

レーダーの精度はいまだ低く、半径百メートル程度にしか対象の位置を絞り込めない。

今ふたりが探している〈ＡＯ結晶〉は視認できるほどには大きく、オレンジ色をしている。

Amorphous Orange《アモルファスオレンジ》――ＡＯ結晶だ。

アモルファスは〝定まった形を持たない〟という意味で、この結晶の特異性をよく捉えている。ＡＯ結晶は何万年もかけて成長するようなものではなく、突如として現れる。出現地点は、水辺《みずべ》や森など、ある程度の偏在傾向は見られるものの、一定してはいない。見た目や硬度から結晶と呼ばれているものの、その正体はわかっていないのだった。

とはいえ利用はできる。

もはやどこのコミュニティでも、太陽光発電はほとんどおこなわれていない。ＡＯ結晶を砕いた際に発せられる強力なＡＯ波によって直接発電しているからだ。

ＡＯ結晶は生活の基盤となっており、かつて様々な素材を集めていたドリフターたちは、今ではＡＯ結晶を集めることに注力しているのだった。

――アイ、見つけた？

「ないものは見えないって」

モールのそばの湖畔でＡＯ結晶が発見されたのは、青い雨が降りはじめて――人々がモールに避難して――すぐのことだったという。

変わり果てた世界の象徴のごときこの結晶を、人々は当初不気味に思っていただけだった。しかしモールの研究設備が整っていく中で、結晶を圧縮して破砕《はさい》してみたとき、極めて強いエネルギー放射が生じたのだった。ふたりが使っているレーダーはこのＡＯ波をとらえるためのものだ。

そしてＡＯ結晶は、滅亡寸前の人類にとって奇跡のようなエネルギー源となった。石油や石炭のように大地を掘削する必要もなく、出現パターンこそ不明なものの、クレイドルの行動範囲のなかで比較的容易に複数個をみつけることができたのだ。

ＡＯ結晶からエネルギーを取り出す〈ＡＯ炉〉が開発され、近隣のコミュニティで量産された。この炉は近年小型化し、クレイドルに搭載することが可能となった。これによってクレイドルは、ＡＯ結晶が見つかりつづけるかぎり外界で活動できるようになり、さらに電力で動いていたころよりもはるかに高い機動力を獲得したのだった。

「左前方にふたつある」

アイはクレイドルを駆りながらも、コクピットモニターにかすかに映るオレンジ色の光を見逃さない。

――またアイが先かー。

「まわり、気をつけて」

二機は鬱蒼《うっそう》と茂った森のなかを進んでいく。そして崖の奥まったところにある結晶の前で合流した。

全高四メートルほどのクレイドルに対して今回の結晶は三メートル超で、なかなかの大物だった。

アイ機もエリロス機も、腕に仕込まれたパイルバンカーでＡＯ結晶を砕き割り、そのたびに、オレンジ色の閃光《せんこう》が木々のあいだを走った。二機で手わけしてそれぞれのカーゴスペースに破片を格納していく。

――これで五日分の仕事したことになる！

「十日分でしょ！」

アイはコクピットで伸びをした。

そのとき視界の端を影が走った。

「エリロス！　うしろ！」

そのあいだにも、エリロス機の背に、青いかたまりがとりついて、その四肢のするどい爪で機体をがりがりとけずっている。

「〈エンダーズ〉！」

終《エ》わらせる者《ンダーズ》と名付けられた青い異形は、青い雨や洪水と並ぶ脅威だった。その青い姿から、異形の獣たちの正体が雨にふくまれる青い粒子〈ブルーシスト〉の凝縮したものであると、ドリフターたちのあいだでは広く信じられていた。

多くは動物に酷似した形態をしているが、どうやらAO結晶からエネルギーを得ているらしく、結晶の近くに生息していることが多いのだ。ある種のなわばり意識があるという説もある。結晶に近づけば、かなりの高確率でエンダーズに遭遇する。そしてこれまでに多くのドリフターたちが命を落としていた。

ふたりも久々の大物の結晶に浮かれて、油断してしまっていた。

――アイー!!

「待ってて！　ひっぺがす！」

アイはエリロス機に急接近しながらクレイドルの両腕部にパイルバンカーを突出《とっしゅつ》させて、エンダーズの体の中心に思い切り叩き込んだ。

エンダーズははじき飛ばされ、崖に激突した。

エリロス機はすぐに態勢を整え、距離をとる。

――ありがと！

「撃って！」

二機の十字砲火《クロスファイア》によってエンダーズの青い身体が削れていく。たちまちその奥にオレンジの球体〈コア〉があらわになり、直後に砕け散った。

青い獣は輪郭をうしない、霧になって消えていく。

エンダーズとの初遭遇から、人類は大きな犠牲を強いられつづけてきた。

クレイドルの開発によって死傷者は減ったものの、今でもAO結晶掘削の作業は非常な危険をともなった。

「なに、その顔」

――私、助けてもらってばっかり。

「そんなの――」

アイは言葉を続けたかったのだけれど――いつものように――ためらってしまう。

――そんなの？　なに？

「なんでもない！　帰ろ！」

3　ふたりとふたり

ふたりはそれぞれのコミュニティへの帰路につきながら、音声通信で話す。

「AO結晶がなかったら人類は滅亡してたよね」

――でもエンダーズのせいで滅亡するかもよ。

「それは……。世界はうまくできてるってことなのか、そんなに甘くないってことなのか……」

科学者の中には、エンダーズとAO結晶のエネルギーの行き来を新しい生態系と考える者もいる。結晶も、エンダーズのコアも、どちらも実によく似ていた。

そして新たな問題をめぐって、ふたりのいるコミュニティが合同で対処することになっていた。

「明後日《あさって》だっけ？　緊急会議」

――そうだったね。議題知ってる？

「なんか見つかったって」

エンダーズのほかにも、未知のものは次々と押し寄せてくるのだ。


会議は〈モール〉の中央広場で開催された。そこには十のコミュニティの幹部とともに、ドリフターとクレイドル技術者も集まっていた。

最近加わったばかりの一族〈モラド家〉の長《おさ》という人物が報告をはじめた。

モール所属のドリフターが外界探索中に大穴を見つけたという話はふたりとも聞かされていた。しかもAO波反応を調べたところ、穴の底には巨大なAO結晶が存在する可能性が高いという。

エリロスはたいくつそうにぼやいた。

「自分たちだけで掘ればいいのに。独占したくないのかな」

「そういう発想じゃないみたいよ。世界が変わるとか何とか」

アイのコミュニティとエリロスのコミュニティは数人ずつ優れたドリフターを選抜して、すでに大穴探索のためのチームを結成しており、そのうちの最高のドリフターを――つまりアイとエリロスを――二人制のリーダーに任命した。

アイがおおげさに頭をかかえてみせる。

「リーダーって柄《がら》じゃないよ、もう」

「どうせたいして緊張してないくせに」

アイとエリロスが食事に行こうとすると、大声で呼び止められた。

「アイ!」

アイはそろそろとふりかえる。隣のエリロスは誰の声かわかっていて苦笑している。

「幼なじみの声を忘れたのか?」

「わたしの幼なじみはエリロスだけ」

「ひさしぶり」

クリストッフェルだった。

アイは肩をすくめたものの、少しだけほほえむ。クリスはドリフターの適性がないことを自覚して、今は技術者として水耕栽培技術を学ぶためにファクトリーに住み込んでいる。

「半年ぶりだね。ファクトリーでうまくやってる?」

「おれに会いたかった?」

「いや? 全然?」

素っ気なく返すアイに、クリストッフェルはわざとらしく肩を落としてから笑って見せる。

アイはクリスの隣に立つ、黒髪でひょろっと背の高い人物に視線を送る。

「リンチェイってクリスと知り合いだったんだ?」

「誰？」とエリロス。

「うちのドリフター。まだ若手だから共同演習にも出ていない」

リンチェイは少しむっとした表情をするが、気を取り直したようにエリロスに向きあう。

「大穴探索チームには選ばれてるよ。――きみ、エリロスだろ。リンチェイだ。よろしく」

「はあ」

クリスとリンチェイがひとしきり話してから去っていくと、アイとエリロスは顔を見合わせた。

このようなやりとりはすでに何度も経験していて、ふたりは口説《くど》かれていたことはわかる。

「リンチェイがエリロスをねー」

「そっちこそ！　クリスのことどうなの？」

「クリスはさておき、子作りしろって雰囲気はあるよね」

「うちも自前の病院つくろうって言ってるよ。もちろん産科も」

青い雨が降りはじめて十六年――少なくともふたりのコミュニティでは衣食住も安定し、出産が奨励されるようになっていた。今はまだなにかを強要されることはないが、ルールが突然変わることはありうる。

「アイはこども産みたい？」

「すぱっと訊《き》くねー。エリロスはどうなのよ」

「わかんないから訊いてるの！」

「わたしだって、なにが正解なのかわかんないよ」

今ではほとんど毎月、モールかファクトリーのどちらかでは赤ちゃんが生まれるほどになっていた。ふたりよりも若い子たちも——一部の子は二度目三度目の——妊娠をしているのだった。

とはいえおとなたちは全員、あの雨以前の意識で——つまり強制的に人口調整などをするような発想は希薄で——アイもエリロスも特にクリスとリンチェイについて結論を出すことはなく、食堂に向かうのだった。

4　大穴

アイは大穴探索の集合地点でひとりクレイドルを降りて、目の前の暗がりを見渡していた。

まわりに木々はなく、ところどころに岩がころがる荒野だ。

それはいま単に〝穴〟と呼ばれていて、確かに穴ではあるのだけれど——ブルーシストがかたまったような青い繊維状の構造が、穴の上まで埋め尽くしていた。

エリロス機がやってくる。

「これって自然にできたもの？　それとも人が掘ったの？」

「レアメタルを採掘してたみたい。近所の関連施設で建設機械も見つかってる」

「へえ。って、エリロス、くわしいね？」

「あー、いや、全部リンチェイに教えてもらっただけ」

「リンチェイと連絡とってるんだ？」

「いやいや、ミーティングのあと、ちょっと雑談しただけ！　って、そっちこそ！　クリスとはどうなってるの⁉」

「わたしは別に──」

日暮れとともに二十機のクレイドルが集まった。

夜間のほうが、エンダーズが不活性化するからだ。ＡＯ結晶が発するＡＯ波をエネルギー源としているのはほぼ確かだったが、それとは別の理由──たとえばすべての原因たるブルーシストが出現したこと──が関連しているのかもしれなかった。ブルーシストの正体そのものは依然として不明で、太陽嵐《あらし》によって太陽から降り注いだ未知の素粒子ではないかという説や、太陽光で動く人工的な物質ではないかという説が、あちこちのコミュニティで流行《はや》っては飽《あ》きられていった。

「じゃあみんな慎重に接近していこう」

アイが全機に通信で呼びかけ、先頭を切って穴のふちに近づいていく。

クレイドルのライトを点灯すると、青い構造体がよく見えた。繊維の一本一本は角張《かくば》っていて、太いものは十メートル以上ある。これならそれを伝ってクレイドルで滑走することもできそうだ。もちろんそれはアイとエリロスくらいにしかできないだろうけれど。

アイが探索ルートを考えていると、エリロス機が近寄って個人通信を要請してきた。

――この構造体、もしかしてエンダーズ？

「何でよ！　不気味な想像しないで」

――それよりここワイヤーで降りていくほうが不気味でしょ。

「そういうこと言ってると――」

他の十八機はふたりのはるか後方で待機したままだ。

この中で突出して技倆《ぎりよう》の高いアイが、そして続いて優秀なエリロスが、なかなか近づかないからだ。

アイは自分の回線を全員に開放した。

「エリロス、行くよ。――みんな、わたしたちに続いて。ゆっくりで良いから」

――これがちゃんと役に立てばいいけど。

エリロス機は手に握ったワイヤーガンを持ち上げ、アイに示した。先端のフックを壁に打ちこみ、接続されたワイヤーで地底まで下降していくというもので、クリストッフェル率いる技術班がこの作戦のために開発したものだ。数日前に完成したばかりで、ほとんど試す暇はなかった。

「ワイヤー、最長で四十メートルだから……」

――五十回で底まで行けるってことね。

知ってはいたが、あらためてアイはため息をついた。

アイは五十回も同じことをすることがめんどくさくてしかたない。ふだんのエンダーズとの戦いも速攻で済ませる。

「エリロスは粘り強いよね。持久戦、得意だし」

アイは深い暗闇を前に、ワイヤーガンで青い構造体に狙いをつけた。

一時間後、エリロスとアイ、そして探索チームの二十機は、ようやく二百メートル下まで進んでいた。

落下事故などは起きていないものの、それにしてもペースがあがらない。

青い組織体は幹のようにうねり、岩石のように硬く安定はしていたのだけれど、問題はクレイドルあるいはドリフターの側《がわ》にあった。クレイドルは地上を高速移動するためのもので、もちろん凹凸《おうとつ》の多い場所では十メートル程度の跳躍は可能なのだけれど、このように極端な上下動はそもそも想定されていない。

「こんなんじゃ埒《らち》あかないよ！」

——仕方ないよ。みんなワイヤーに慣れてないんだから。今日はこれくらいで帰ったほうがいいのかも。

「冗談でしょ？　んー、リンチェイに聞いてみよう」

アイがリンチェイとの回線を開く。

返事はすぐに返ってくる。

——わかってるかどうか知らないが、きみたちのおしゃべりはずっと全員に聞こえているからな。

「うそ」

リンチェイはくすりと笑いながら、

――うそじゃない証拠に、アイリーダーの質問に答えるが、俺はエリロスに賛成だ。

「エリロスだから？」

――ちょっと！

しかしエリロスはすぐに黙り込んだ。

リンチェイは咳払《せきばら》いをして、

――俺は合理的に言っているだけだ。上を見ろ。俺よりも遅れているやつがたくさんいる。アイはカメラアイを上に向け、仲間たちのばたばたした交信を聞きながら深く息をはいた。まだ穴のふちにワイヤーをひっかけただけで、降下していないクレイドルも数機いる。

「わかった。ひとまずわたしとエリロスが先に行く。他のみんなはこれまでどおり自分のペースで、絶対あわてないでね」

了解という声が十七人分聞こえてくる。

「エリロス？」

――もちろんいいよ。

――俺はふたりについていく。

「リンチェイか。無理しなくていいから。今度は全力で降りるから」

5　闇の奥

さらに一時間後、一気にペースを上げたアイ機とエリロス機は、深さ千メートルに到達しようとしていた。リンチェイ機はふたりの百メートル上にいて、のこった他の十七機はさらに数百メートル上で苦戦していた。

アイは持ち前の空間認識力で安全な動線を確保しながら、クレイドルを巧みにあやつっていた。エリロスは見様見真似《みようみまね》でアイのやり方をすぐに理解してついていった。

「リン兄、がんばるねー」

エリロスはアイがあだ名で呼ぶのを聞き逃さなかった。

——ちょっとアイ、リンチェイになれなれしくない？　なんか、クリスみたい。

知らず知らずのうちにクリスの口調がうつっていたのだ。アイは話題を変える。

「にしても、すっごい結晶……」

ＡＯ波はすでに地上で観測したときの千倍の強度になっていた。

ふたりは根のひとつに降り立って、周囲を観察する。

——アイ、ライト消してみようか。

ふたりの機体は下からの光に照らされてオレンジ色に輝く。

まだ結晶本体が見えていないのに、しかも青い組織体に覆われているのに、光だけがこんなにあざやかに届くとは。結晶が予想よりもはるかに大きく、光度も強いことを示している。

このとき、ふたりが立っている青い構造物が大きく揺れた。

――エンダーズ三体、そっちに行った！

青い獣たちがふたりを取り囲もうと分かれて移動する。

すでに陽は落ち――そもそも陽が届かない穴の底だけれど――こんな巨大なＡＯ結晶のそばであればエンダーズたちの巣になっていてもまったく不思議ではない。

「まかせて！」

だが三体をすぐさまライフルで倒しても、巨大な穴全体に広がった組織体のあちこちから、さまざまなタイプのエンダーズが姿をあらわす。

「ここをなわばりにしてる……⁉」

――みたいだね！

アイとエリロスは片っ端からエンダーズコアをライフルで撃ち抜いていくが、新たに集まってくるほうが多い。

――退避しよう！

リンチェイが上から叫ぶ。

しかしアイ機はその声に背を向けて、さらに下降していく。

「まだ結晶を確認してない。エリロスは帰って！」

――帰るときはアイといっしょ！

エンダーズたちは無限かと思われるほどに湧き出てくる。

エンダーズを倒しても青い霧になり、コアも消えてしまって、直接的な収入にはならない。

ドリフターがエンダーズを倒すのは、安全にAO結晶を掘削するためだ。

それゆえ、合理的であることを旨《むね》とするドリフターたちにとっては、エンダーズから逃げることも立派な選択肢となる。戦えば少なからずクレイドルは破損して、回収できるAO結晶の売却額よりも高い修理代がかかることさえある。

アイ機は足元にライフルを向けた。

「下のAO結晶まで行っていい？」

――オッケー！

アイは操縦桿にとりつけられたトリガーを引いた。

青黒く広がる構造体が崩れ、アイ機とエリロス機はいっしょに落下して、両機とも無事に着地する。足元にはオレンジの光が充《み》ち満《み》ちていた。

6　テンペスト

アイもエリロスも、その色を見ると、恐怖と安堵《あんど》をひとしく抱く。

オレンジ色は、エンダーズのコアとＡＯ結晶の象徴だからだ。

巨大な結晶のうえで、ふたりは圧倒されていた。

「これは……すごすぎる」

――やばい。メーターふりきれてる。

あんなにたくさんいたエンダーズがいつの間にかいなくなっていた。

「リンチェイ、生きてる？」

――生きてるよ！

「今ならエンダーズがいないから、上にあがってて！」

――了解。

残る十七機も退避をはじめる。

アイとエリロスは静かに降りていく。

深層部は静まりかえっている。

だが――巨大ＡＯ結晶と青い構造物が触れ合う領域から青い霧のようなものが生まれ、たちまちアイ機とエリロス機の前で凝集しはじめる。

それは、空間にうかぶ渦《うず》となっていた。

渦の中央には、オレンジ色のコアが、空間に根ざすように結晶化していた。

「エンダーズのコア⁉」

アイはすかさず距離をつめながらトリガーを引く。

エリロスもすぐに連射をはじめた。

ふたりの射線が渦の中心で交わり、コアに亀裂を入れることに成功した。徐々にひびが広がり、割れる。

その瞬間――これまでのエンダーズのコア破壊では体験したことのない――すさまじい爆発が生じ、二機ともふきとばされた。

どちらのコクピットハッチもふきとんで、座席がむきだしになってしまった。

コクピットに打ちつけられ、あるいは金属片が飛び散って、ふたりは腕や顔に深い傷を負った。傷口からは血が流れ出る。

「大丈夫！　雨は降ってないし！」

この青い世界で、恐れるべきはせいぜい青い雨であって、傷つくことなんてなんでもない。

ふたりはクレイドルを立て直した。

両機はあたりをうかがう。

コアは確かに砕いたのに、青い霧はいつまでも晴れない。

それどころか、再び濃く凝集をはじめて、コアらしきものがふたたび現れつつあった。

「……あの遊園地で……銃を持ってた人のまわりに、青いガスが集まってた。あの人、追いかけてきたのかって言ってて……」

――同じエンダーズってこと⁉

「わかんないけど、渦のかたちが似てる気がする……」

——よく覚えてたね。

「……忘れられないよ。あの日のことは」

アイは小さく言葉をこぼした。

——え？　今なんて？

「なんでもない！」

青い渦が回転しはじめ、バキュームのように大気を吸い込みはじめた。

アイの血が泡立ち、肌から浮かび上がるとハッチの外に流れていく。

「なに……？」

——血をとりこもうとしてる？

「エリロスのも⁉」

——アイ！　ブルーシストを体に入れないで‼

「わかってる！」

エンダーズは結晶に近づくクレイドルや人間を襲う。しかしそれは結晶を奪われまいという行動だと理解されており、これまで機体や人間の血肉を捕食するようなことはなかった。

——〈特殊エンダーズ〉ってこと？

だが——エンダーズの中には、ＡＯ結晶から遠く離れてクレイドルを攻撃したり、あるいは近づいてもまったく反応しなかったり、他の多くとはかけはなれた行動をとるタイプがごくごく稀《まれ》にいた。それらは特殊エンダーズと総称されている。

「でも血をとりこむなんて！」

ふたりはパニックにおちいる一歩手前だった。

さらに血は青い渦のほうに流れていき、赤い血と青が混じり合う。

それは二色の渦だった。

「赤と青の――」

――嵐《テンペスト》……みたい。

生まれたばかりの小さな嵐のようなエンダーズは、ふたりを追い越して上空へぬけ、消えてしまった。

「リンチェイ！　そっちにすごいのが行くよ！」

――気をつけて！

――え？　さっきなんか変な衝撃があったけど……。特に機体に異常はない。

「吸血する特殊エンダーズが出たの！　コアを砕いても再生した。もし見かけたら、戦わずに逃げて！」

アイは全身にいやな汗をかいている。

――なんだったんだろう……。

「わかんない。この巨大AO結晶と関係がありそうだね」

――私たちの血！　とられちゃった！

「上にいるみんなを襲わなければいいけど」

――テンペスト。

「何のこと？」

――さっきの子の名前。紫の嵐《パープル・テンペスト》。いや、嵐《テンペスト》だけのほうがいいか。

「〝子〟って」

アイとエリロスがコミュニティへ帰る頃には夜が明けようとしていた。

7　十月十日

ふたりは特殊エンダーズの件を報告したあと、アイの家で泥のように眠った。

巨大ＡＯ結晶の調査がはじまり、一週間後、データが一定量得られたところで会議が開かれることとなった。

エリロスがアイのコミュニティに呼び寄せられ、みっちり十時間話すこととなった。幹部のとなりにはクリストッフェルもいた。データを解析したＡＯ炉技師たちが、巨大ＡＯ結晶の特殊性に気がついたという。

クリスは時折発言を求められ、きびきびと調査結果をレポートしていた。今回の調査でも中核メンバーとして活躍したと聞かされた。

解放されたふたりはレストスペースに向かった。カウンターで食事を注文すると席についた。

「今、クリスもいたね」

エリロスがわざとらしく名前を出し、アイを見る。

「追加調査したって言ってたけどね」

「クリスと会ってるんだ？」

しかしアイはあくまで素っ気ない。

「ちょっとだけね。言っとくけどわたしはクリスじゃなくて、巨大ＡＯ結晶に興味があるだけだから」

「はいはい。――じゃあ、あの結晶どうするって？」

「大規模常時発電に利用できないかって、モールの上の人たちは考えてるみたい」

「いやな予感がするけどなー」

そんな会話をしてからしばらくしてエリロスが共同演習に出なくなり、気づけば六ヵ月もたってしまっていた。

ひさしぶりに再会したとき、アイは悲鳴をあげてしまった。

「エリロス！　おなか！」

考えていたとおりの幼なじみの反応に、エリロスは笑ってしまう。

エリロスが歩きだすまえに、アイは駆け寄った。いかにもおなかが重そうだったから。

アイは質問をあびせかけた。

「いつ産まれるの？　相手って誰？　リンチェイ？」

巨大AO結晶が発見されたときもエリロスはリンチェイと付き合っていたのだが、驚かせようとして黙っていた結果、いまになって明かすことになってしまったのだ。

「そう。だまっててごめん。妊娠したのが秋だから、あと数ヵ月かな？」

「〝十月十日《とつきとおか》〟っていうよね」

「なに、その十月十日って」

「よくわかんないけど、こどものときに聞いたことがあって。……こっちにもお医者さんいるから、来てみる？」

「最終月経日から四週で一月ずつ数えれば、カレンダーと同じって、こっちでも話してるから」

ふたりはしばし、妊娠にいたるまでのエピソードでもりあがった。

話しながら、アイはクリスのことを思い浮かべずにはいられなかった。

8　名前

それからさらに六ヵ月後、アイとエリロスは自らのクレイドルで一年ぶりに河原に遊びに来ていた。

以前と違うのはふたりがエリロスの赤ちゃんを連れていることだ。

「エオーナ！　今日もぷくぷくしてるー」

アイは赤ちゃんに夢中だ。桃色の頬《ほお》をやさしくつつく。エオーナはきゃっきゃと喜んでいる。

「でもエリロス、エオーナ抱っこしながらクレイドル運転したら危ないでしょ！」

「過保護なアイおねえちゃんだねー」

エリロスがふざけてエオーナに話しかける。

アイは笑って、

「エオーナって何か由来あるの？　エリロスに似てるけど」

「〝永遠〟って意味。お母さんが生まれた国の言葉。もしアイにこどもができたら、名前はどうするの？」

「アサがいいな」

「かわいいけど意味は？」

「お母さんの国の言葉で、〝朝〟って意味」

ふたりの母たちは結婚して、遠い土地から尖塔都市に移り住んでいたという。ふたりとも娘に母語を教えながら、故郷を思い出していたのだろうか。

いつもいたずらなエオーナだが、いつのまにかすやすやと眠っている。

アイはブルーシストで染《そ》まった青い川を見ながら、エリロスにたずねる。

「覚えてる？　雨がわたしたちのすべてを変えたあの日のこと」

「忘れないよ。忘れるわけない」

「わたしたちのこどもは、今のこういう世界が常識になるんだろうね」

「エオーナが大きくなるころには、もっと安全な世界になってるといいんだけど」

「それで今日は何か話があるって言ってたけど、ドリフターを引退するって話？　もうちょっと休むって話か」

「どっちも違うよ。復帰するって話」

「エオーナはどうするの？」

「問題ないよ。リンチェイに専用のシートベルトつくってもらったから」

「いやいやいやいや。いくらクレイドル《ゆりかご》の中だからって！　エンダーズが来るでしょ！　ったく。リンチェイのやつ、よく認めたな」

エリロスはふふっと笑って、

「クレイドルの中が――」

「――一番安全、って言うんでしょ」

言葉の後半をアイが引き取る。

「ファクトリーに残しておくほうが心配だよ。人間も自然も信じられない」

「だとしても、赤ちゃんを連れてドリフターを続けるなんて無茶苦茶《むちゃくちゃ》だよ。あの巨大なエンダーズもまだ見つかってないし……」

そのとき、鉄砲水が――大量の水が上流からあふれるようにこちらに向かってくる。降った雨が溜《た》まっていた土砂が崩れたのだろうか。

ふたりはすぐそれぞれのクレイドルに乗り込んだ。エリロスが抱きしめたエオーナはまだ夢の中だ。

アイはすぐさま判断する。

「川と直角に、北の山に行くよ」

——了解。

二機のクレイドルは高速で河原を駆け上がり、林を抜けていく。

——ね、私たちのコミュニティ、大丈夫だよね。

「大丈夫でしょ。〈新月の涙〉から十六年も沈んでいないんだから」

大きな洪水は何回もあったが、高台にあるモールもファクトリーは、軽い浸水もしたことがない。

「クリスは……たぶん真っ先に避難させられてるとは思うけど」

——もちろん。うちの要《かなめ》だから。……ん？　なんでここでクリス？

「エリロスはこどもができてもこどもなんだから」

——は？　……ああ！　だからさっききわたしたちのこどもって言ったんだね……!!　え、アイ、今どういうステータス？

「ステータスって。妊娠二ヵ月だよ」

——クリス、最近こっちのＡＯ炉の管理を部下にまかせきりだって聞いたけど、そっちに行ってるってこと？　アイに会いに!?

「そういうこと。クリスには専用クレイドルがあるし、何とかするとは思うけど」

二機は坂を高速で駆けあがっているのだが、青い濁流に脚部のローラーが触れそうになる。

かつてない洪水だった。たちまちエリロス機の下半身が濁流につかまった。

エリロスは——片手で自らの子を守りながら——一瞬だけハッチを開けて、アイと視線を交わす。そこに浮かんでいたのは確かに笑顔だった。

「エリロス！」

「アイ！」

ふたりがハッチを閉じた瞬間、濁流がすべてを呑《の》み込んだ。

流れが速すぎて、アイは機体をコントロールできない。

クレイドルは防雨仕様とはいえ、洪水までは対応していない。このままではいずれ山肌か木木に打ちつけられ、崩れゆく機体の中でどこまでも流されていくことになる。

あの日——エリロスの手を引いて、パーティー会場の外に連れ出したのはアイだった。

あのときあの塔に残っていれば——ふたりはどうなっていただろうか。

以来ずっとアイは後悔のようなものを抱えていた。

アイは何度もエリロスの名を叫んだ。

ノイズの向こうから懐かしい声がする。それは生まれた次の日からずっと聞いていた声だ。

——こっちはふたりとも無事！

「エリロス！　ありがとう！」

——え？　何？

「わたしのこと助けてくれてありがとう！　忘れちゃってるかもしれないけど！」

——いや、忘れてはないけども！　アイが覚えてるとは思ってなかった！

「わたしが忘れるはずないでしょ！　命をもらったんだから！」

——ばか！　当然でしょ！

こんなことでは何も終わらない。

あの日々を生き抜いたふたりにはわかりきっていた。

終わるものなんてない。

「またね！」

——当然！　またね！

次の瞬間、強い衝撃音を最後に、完全に回線が切れてしまった。

アイはおなかを守りながら、まだ見ぬ子に声をかける。

「アサ、待ってるからね」

青い激流が何もかもを連れ去っていった。

第三章　天蓋《てんがい》　エオーナ／2130年

1　孤立系

十五歳になったばかりのエオーナは、今日も棺《コフィン》のような機体に乗り込む。

それは〈クレイドル《ゆりかご》〉と呼ばれている。

二脚ローラーで走行するその機械は、パイロットを卵型の殻で守りながら高速で移動する。雨の中での活動を可能にする、人類にとってなくてはならないものだ。

ＡＯ結晶からエネルギーを取り出す〈ＡＯ炉〉は親世代が使っていたころよりも小型化し、さらに効率化されて、人の活動領域はこの時期、指数関数的に拡張されることになった。

未開拓だった旧文明の施設も次々に見つかり、かつての技術がいくつも復活している。中でも、原子レベルで望む機能を持った物質をつくりだす〈分子デザイン技術〉の再発見はこの時期のクレイドルとドリフターたちにとって大きな影響を与えるふたつの技術開発につながった。

そのひとつが〈ブルーシストシールド技術〉だ。特にドリフターが着用するレインコートに用いられることで、モザイク病の年間罹患《りかん》件数をそれまでの千分の一にまで低下させると同時に、建築物がブルーシストによって腐食することを防ぐことに成功した。

もうひとつはその名も〈感情サプリ〉という錠剤で、多種多様な感情を促進または抑制するものが次々とつくられていった。

ようやく衣食住が安定するようになっても、青い世界はあいかわらず人々にとって過酷であり、感情面を支える物質が必要だったのかもしれない。

そのような世界において、両親がともに健在であることは極めて稀《まれ》ではあったが、親や親代わりがまったくいないエオーナのような者もまた少数派だった。

エオーナは全壊したクレイドルのコクピット内で泣いているところを発見された。パイロットは見つからなかったが、ハッチが外側からロックされていた。

預かって育ててくれた老夫婦も、エオーナが八才のころに洪水に流されてしまった。

一方、人類はわずかずつ増えながら――過去の遺産を十二分に活用して――消え去る寸前だった人類の記憶たる歴史をつむぎつづけていた。

エオーナはこの一帯で最大のコミュニティ〈パトリア〉で育ち、十五歳となった今、当代随一のドリフターとして広く知られるようになっていた。

十歳になるかならないかの歳《とし》からドリフターをやっているエオーナは、ここ数年、その技術を買われてリーダー役にされそうになっているのだが、優れているのは操縦技術のみだと自覚していて、社交的で熟練のドリフターである現リーダーにその役を譲り続けていた。

今日もAO結晶をカーゴスペースいっぱいに回収しての帰還中に、リーダーから通信が入った。

――今日の会合は出席しないとまずそうだ。

「またモラドのやつら？」

――しかたない。あいつらが仕切っているのはパトリアだけじゃないからな。

去年から――実のところはもっと前から密かに勢力をのばしていたらしいのだけれど――モラド家と呼ばれる一族が、近隣の複数のコミュニティの幹部となっていて、最近ではさらに勢いを増している。

「会議は好きじゃない」

――俺が若いときは半日で帰ってたよ。ＡＯ炉のメンテナンスなんかを言い訳に。

「昔話もきらい」

ドリフターという呼称は、青い雨が降りはじめて数年後には――命をつなぐために地上を漂流するようになった者たちを指すものとして――存在していた。

しかし昨今のＡＯ炉の改良によってＡＯ結晶をほぼすべて反応させることが可能になり、地上で最低限の結晶さえ回収できれば、クレイドルは半永久的に活動できるし、残りの結晶はどこのコミュニティに行っても高額で買い取ってもらえる。今やコミュニティが使う電力の九割以上はＡＯ炉が生み出しているからだ。

そのようにして必ずしもひとつのコミュニティに属する必要がなくなったクレイドル乗りたちは、その名のとおり〈漂流する者《ドリフター》〉となったのだった。

そして複数のコミュニティを渡り歩くゆえにこそ、各コミュニティの政治状況について知ることはとても重要で、情報いかんが生死に直結すると言ってよかった。モラド家のような広範囲に影響力を持つ一団がいるのであれば、なおのことだ。

――エオーナ?

リーダーの頼みを、エオーナは断ることができない。

「急いで帰るよ」

コクピットモニターに巨大な青黒い円形の領域が見えてくる。

それが母エリロスたちが探索した〝大穴〟であることを、エオーナは知らなかった。

今やそのまわりの荒野は開拓され、穴の広さの半分ほどの規模のコミュニティができていた。

エオーナが所属する、この地域最大のコミュニティ〈パトリア〉だ。

巨大AO結晶が存在する大穴に新しい地下都市〈アメイジア〉を建設するために、人と物資が集められた街である。

エオーナが尋ねる。

「アメイジアって本当にできるのかな」

――どうだろうな。直径二キロの穴をどうにかして塞《ふさ》がないと青い雨が入ってくる。あの雨が降りはじめたあの日、俺はお前くらいの歳だったが、そんなでかい建造物はなかった。

アメイジアとは、大陸移動によって何億年ものちに生まれるはずの超大陸の名前から取られたのだという。

「誰かが夢でも見てるのかな」

エオーナは操縦桿《そうじゅうかん》をさらに倒して、クレイドルを加速した。

2　オーギュスト

エオーナの故郷となった〈パトリア〉の建設を主導したのも、モラド家だったという。労働争議や内紛、なにより技術的困難もあり、アメイジアの工事は遅々として進んでいない。だがそのあいだにも病院も裁判所も議事堂も自《おの》ずと拡充して、今や人口五万人を超える大コミュニティとなりつつあった。

大穴の底には全長一キロメートルを超える巨大ＡＯ結晶があり、そこから穴の上部まで青い構造体が充満している。

穴から放出される強いＡＯ波にひきよせられて、あるいは穴の中からあふれるようにエンダーズが発生するため、パトリア所属のドリフターたちは交代で穴周辺を警護していた。

エオーナは格納区画にクレイドルを駐《と》めた。百機は収容できる広さがあり、メンテナンスのための技術者も常駐している。

パトリアは他のコミュニティの中でも突出してドリフターを優遇しており、他のコミュニティのドリフターでも格納区画を使用することができた。優秀なドリフターたちを引き抜くためなのではと囁《ささや》かれることもあるくらいだ。

会合の会場はコミュニティの中心区画にある、千人を収容できる屋根付きのホールで、内部正面には浮き彫り彫刻《レリーフ》で飾られた豪華なステージが設けられていた。普段も議会からショーまで、多目的に使われている。今日はドリフターの他に、住民たちも集まっているようだ。

エオーナたちは前のほうの席についた。周囲もぞくぞくと着席しはじめる。

ステージ上に、主催者がふたりあがった。一人がマイクをにぎる。

どちらも最高級のスーツを身にまとっている。あんなものを買うには、どれだけのAO結晶を集めればいいのか。

――私はパトリアを任されているモラド一族の現当主オーギュストです。知らなかった人は今日覚えて帰ってください。

どっと笑いがおきる。この会場にオーギュストの顔を知らぬ者はいない。

オーギュストは、となりに立つ青年の肩に手を置く。

――彼はモデスト。私の甥《おい》だ。まだいささか若いが、今回私の右腕として現場のすべてを見てもらおうと思う。みな、彼の言葉は私の言葉だと思ってほしい。

モデストは先の尖《とが》ったブーツを高らかに鳴らしながら進み出て、片手をあげた。拍手喝采をあび、気持ちよさそうにしている。エオーナより五つほど年上だろうか。さっきからにやにやしていて、どうにもいけすかない。

オーギュストが話しはじめた。

――今日の本題は、もちろん、コミュニティのサービスを充実させようなんて小さな話ではない。ドリフター諸君に対する待遇をより良いものにすること、でもない。

会場にどよめきが起きる。

――我々が、エンダーズが大量に押し寄せるあの巨大AO結晶の穴のそばに住んでいる理由は、たったひとつ。あそこに、唯一無二の地下都市アメイジアを建設するためなのだ！　穴の底に眠る巨大AO結晶には、我々の世界を書き換えうる、無限の可能性がある。今まで我々は、石橋をたたきすぎた。調査を重ね、入念に練ってきた計画を、実行にうつさねばならない！

どよめきが、おおお……という歓声に変わる。おとなたちが勝手に盛り上がっているだけに見えて、エオーナはまったく感動しなかったけれど。

ここで、壇上にもう一人、小柄な少女が現れた。

――私にアメイジア建設を実行することを決意させてくれたのは、この若き建築師の天才性にほかなりません！

あれが建築師⁉

エオーナが驚いてしまったのは、彼女がエオーナとほぼ同年代だったからだ。自分も十代で第一級のドリフターと呼ばれていることはさておき、だ。

――去年、このパトリアに十五階建ての本庁舎を建て、クレイドル格納区画のそばに巨大工場をつくり、さらに北で朽ちていた二百メートルの橋を復活させたのはこの子なのです！　その三つのプロジェクトの根幹となる設計を誰にもまして精力的に書き上げ、スタッフや建設機械の運用管理もすべて並行して統括したのです。

オーギュストはつらつらと、その実績をのべた。数々のコンペを勝ちぬき、ベテランたちをいかに黙らせてきたか。そして自分はいかに先見の明《めい》をもって、これだけの若い才能を発掘して採用にいたったのか。どちらかというと、後半のほうに時間がさかれていたのだが。そして、ようやく建築師にマイクをわたす。

彼女はかるく咳払《せきばら》いをしてから、

——アサです。一緒にアメイジアを作りましょう。

白い歯を見せるオーギュストの隣で、モデストは薄暗い笑みを浮かべていた。

3　アサ

エオーナはへんな気分だった。

さっきからアサとちらちら視線が合うからだ。

若きアサは物怖《ものお》じすることなく、流麗《りゅうれい》に話しはじめる。

——わたしたちの新しい都市アメイジア建設において、最初に必要なのは、都市全体を覆《おお》う天蓋《てんがい》——天の蓋《ふた》です。これなしにはその下に都市構造を築くことは不可能です。みなさんご存じのとおり、あの穴の中には巨大ＡＯ結晶があります。これを外界と遮断しなければ、いつまでもエンダーズが集まってきてしまいます。それが、いままで計画決行にいたれなかった最大の懸念点でした。

アサはすこしだけ黙ってみなの注意をひきつけ、すっと顔をあげた。

——第一段階の建設計画を発表します。まずは巨大ＡＯ結晶を簡易的なカバーで覆います。

「そんなでかいカバーなんてどこにあるんだ！」

会場からヤジがとぶが、アサは反論を予期していたかのように、にこりと微笑《ほほえ》む。

——あてがあるのでご安心ください。これによって集まってくるエンダーズをかなり減らすことができるでしょう。ただ、地下千メートルの巨大ＡＯ結晶にたどりつくためには、穴を埋め尽くす青い〈繊維体〉を突破しなければなりません。危険な作業になりますが、ご協力をどうぞよろしくお願いします」

かわいい顔をして、抜け抜けと——。

周りのドリフターたちもおそらく同じように考えていたはずだ。エオーナは自分もむかし似たようないちゃもんをつけられたことを忘れていた。

パトリアのドリフターのリーダーが一瞬エオーナに視線を送ってから立ち上がった。まかせろということなのか黙ってろということなのか、ともかくリーダーは語りだした。

「俺たちは漂流者《ドリフター》だ。いくら巨大ＡＯ結晶があるからって、アメイジアとやらにこだわる理由はない。穴の中では特殊エンダーズが出るという昔からのうわさもある。あんたらの大層な理想のためだけに仲間の命をかけるわけにはいかない」

もちろんこれはギャラを吊《つ》り上げるための発言で、まわりのドリフター連中はみながしかめっ面《つら》をしているのだけれど演技に他ならない。エオーナも眉間にしわを寄せてみる。

壇上でオーギュストがアサに耳打ちをする。アサが肩をすくめた後、オーギュストがマイクをとって話しはじめた。

——尊敬すべきドリフターの皆さんには、わずかなりともご懸念を抱かせてしまい申し訳なかった。もちろん、アメイジア建設に参加してくださるドリフターには相応の褒賞が用意されると同時に、子々孫々までその栄誉を讃《たた》える。

「栄誉だって？」

リーダーが叫び返す。

——その栄誉は、無形かつ有形で与えられることになる。ドリフターはつねにアメイジアの最高の勇者として称揚《しょうよう》され、アメイジア内に永久の、そして最上級の居住区画が与えられるのだ。

オーギュストの背後の大型スクリーンに説明図が映しだされた。

——アメイジアの居住区にはその利便度から上級中級下級のクラス分けが設けられる。ここに集まった者たち全員に、上級市民として子々孫々までアメイジアに暮らす権利を約束しよう。

それでは不十分だ、と言って、ドリフターのリーダーはさらに対価を求めはじめた。

「現在の生命の危険と、未来の永住権を交換する、ということか？」

——きみたちが〝永住〟にこだわらないことはわかっている。だから、アメイジア建設に参加するドリフターには、建設にしろ警備にしろ、充分すぎる報酬を約束しよう。

「気に入らねえな」

リーダーはまだ納得いかないといったふうにふるまう。

――すまないが、至らぬ点を教えてもらえないか。

「さっきから聞いてりゃ、家だの上級だのカネだの……。俺らが守りたいのは自由なんだよ！」

――つまり？

「そのくそったれの地下都市から、いつでも外に出られる権利はもらえるんだろうな？　専属契約はしない。それを確約しろ。俺たちは名実ともに〝もぐら〟になる気はねえ」

ここでアサがオーギュストの肩をつつき、マイクをもらった。

――安心してください。わたしももぐらになりたいとは思いません。すべてのアメイジア市民はそれぞれの部屋から十五分以内に地上に出られるよう設計しています。とくに、今回ここにいらっしゃるドリフターのみなさまはクレイドルに乗って七分で地上に出られるようにいたします。そしてもちろん、物理的な自由だけでなく、制度的、精神的な自由も確保します。

「そんなの、できてみるまでわからない……」

エオーナはつぶやく。

しかし、ドリフターの荒くれ者どもは引き出された確約にすっかり舞い上がってしまっている。

エオーナは肩をすくめて、ドリフターたちに微笑みかけているアサをにらみながらひとり考える。

穴の最奥にある巨大ＡＯ結晶は高さおよそ千メートル、幅も五百メートルはある。仮にそれを覆うカバーができたとしても、更にその上に二倍の大きさの天蓋を作ることなんて想像できない。

文明崩壊前の建築はいくつも見たことはある。中には数百メートルを超えるビルや橋もあったけれど、それらは潤沢な資材と無人建築機械をフル稼働して作られたもので、今の人類にそのようなものは再現できていないのだ。

ドリフターたちの表情を読み取ったのか、アサは会場に呼びかける。

――みなさん、ご心配にはおよびません。ないものは集めて、作ればいいんです。旧文明の真似《まね》をしたいのではありません。わたしたちの新しいやり方で、わたしたちの都市を作りましょう。

アサの言葉は自信にあふれていた。

ないものが作れるのならば――特に青い雨が降り出してからの世界では――どんなに楽だろうか。普段であればみなそう言って笑いとばしただろうが、場にいたドリフターの誰もが聞きいっていた。エオーナはそんな中、ただアサをじっと見つめていた。

4　守護者たち

会合の終了後、エオーナはひとり呼び出された応接室に通されていた。

「おお、我らが守護者」

オーギュストがそう言いながら、ソファから立ち上がってエオーナを出迎える。

「いえ」

ドリフターのことなんて知らないくせに、と言いたかったが、エオーナは一言だけ返して、視線を下げた。リーダーからは無用な刺激を避けろと注意されていた。

「もう一人の守護者は、さきほど皆の前で紹介した。さあ、アサ」

背後に控えていたアサがエオーナの前に歩み出た。

ふたりはあいさつを交わし、ソファに向かいあって座った。さっそくアサが切り出す。

「アメイジアは、直径二キロ深さ二キロの縦穴のなかに作られます。あなたには、雨とエンダーズの侵入を防ぐための屋根をつくる手伝いをしてほしいのです」

「それ！」

エオーナは思わず声をあげ、勢いにまかせて話しはじめた。

「天蓋か何だか知らないけど、どうやって直径二キロのものをつくるんです？　今の私たちはクレイドル用の小さな鉄板をつくるのにも四苦八苦しているのに！」

アサはうんうんとうなずいて、

「それは……半分正しく半分間違いです」

「ただの事実です」

「まずわたしたちの技術レベルはまだまだ低いです。それはおっしゃるとおりです」

「だよね？」

「しかし鉄鉱石から鉄鋼をつくることと、直径二キロメートルの〈天蓋〉をつくることは、まったくの別物です。前者ができなくても、後者はできる、ということはありうるでしょう」

「鉄板はできないけど、天蓋もアメイジアもできるってこと？」

「そういうことです！」

　アサは力強くうなずく。

　エオーナも、話をきくうちに何だか面白くなってきた。アサのことを気に入ったのかもしれなかった。

「いいよ。引き受ける」

「ほんとに？　いいんですか？」

「断っていいの？」

「いいえ！」

　ふたりはソファに隣り合って座り、打ち合わせをはじめた。

「前段階として、穴の底の巨大ＡＯ結晶から出るＡＯ波を遮断しなければなりません」

「カバーね。さっきあてがあるって」

「その通り。ＡＯ波遮断には〈リフレクト光学塗料〉を用います」

　エオーナも知っている。分子デザイン技術で作られた塗料だ。クレイドルの外装にも塗布されており、ＡＯ結晶をどれだけ機体内部に収容しても、ＡＯ波は漏れ出さず、おかげでエンダーズたちを引き寄せる危険はなくなった。

「クレイドル百機で同時に塗れば大穴突入から全面塗布まで一時間です」

「かなりの量の光学塗料が必要だよね？　もうあるの？」

ここまで明晰に語っていたアサが口ごもってしまった。

「それについては私から話そう。アサ建築師が知らないことも多い」

オーギュストがアサのとなりに座り、もったいぶった口調で語り出した。

「さきほど、小さな鉄板もつくれないのにと話していたが、その一因はこの計画にある」

エオーナは意味がわからず、アサに視線を送る。

アサは目をそらしはしなかったけれど、悲しげな表情を浮かべた。

「すべては我がモラド家が先々代から進めていたことなのだ。──巨大ＡＯ結晶の上半分の表面積はおよそ百万平方メートル。リフレクト光学塗料は一度塗れば十分だが、それでも二十万リットルは必要となる」

クレイドル一機で運べるのは、せいぜい千リットルのタンク二本までだ。

「千リットルのタンクを二百本もつくっていた……？」

それだけあれば千機以上のクレイドルが補強できたはずだ。ここ五年だけに絞っても、整備不良が原因で命を落としたドリフターは三百人を超えている。

エオーナは目の前のふたりを交互ににらみつけた。

オーギュストが身を乗り出し、

「これは等価交換なのだ。現在の危険を受け入れる代わりに、未来の安全を手に入れる」

「ドリフターの命で、お前たち政治家の安全を買っているだけだ！」

エオーナの怒声に、アサがびくっとふるえる。

オーギュストは何度もうなずいてから、ゆっくりと背もたれに体をあずけた。

「その批判は甘んじて受け入れよう。死亡したドリフターの家族にはできるかぎりの補償はしている。そして何より、未来の安全は未来のアメイジア市民全員のものだがね」

エオーナはあからさまに舌打ちをしてみせた。

おそらくリーダーも、前のリーダーも、それとなくこのことを知っていたに違いない。

あるいはドリフターの多くも知っていたのか？　リーダーになることを断り続けたから、この話から外されていた？

「……わかった。すべてが揃《そろ》うのは？」

「すでに整っています」

そう答えたアサは唇を嚙《か》みしめている。建材の入手について、きっとこれまでほとんど何も知らされていなかったのだろう。

エオーナはアサに対してだけ表情をやわらげて立ち上がって告げた。

「じゃあ、はじめよう」

アサもあわてて立ち上がる。

「あの、今からですか？」

「今から以外にいつがある？」

「でも、あの、百人のドリフターを集めないと……。みなさんの予定もあるでしょうし……」

「そんなの。ドリフターに予定なんかない。いつだって今しかないのが漂流者《ドリフター》なんだから。それに今ならまだみんな近くにいる」

エオーナはそう言いおいて、格納区画へと向かった。血がにじむほどきつくこぶしをにぎっていたが、それを叩きつける方向がわからなかった。

5　繊維体

本来クレイドルは一人乗りだが、エオーナはコクピットとカーゴスペースの仕切りを一瞬で蹴りやぶって、五分ほどでアイの座席を作ってしまった。

クレイドルの後部座席に座っているアサにエオーナは話しかけた。

「狭いでしょ？」

「いえ、そんな」

エオーナ機をはじめとする百機のクレイドルが、大穴に隣接した広場に集まっていた。穴を取り囲んで、コンクリート製の太い角柱が大量に設置されていた。

「これが〈天蓋基部〉です。全周六千メートルの穴のまわりに、二十メートルおきに三百、並べています」

「このうえに何か布でもかぶせるってこと?」

「発想は近いです」

アサはそれ以上語らない。

広場に面した二十基の〈天蓋基部〉には、それぞれクレイドル用の巨大なリフトが備えつけられていた。穴のふちから中央に向かってクレーンが長く伸びていて、そこから真下に降りる。千メートル降りて、そのあとは繊維体の中を移動しつつ、自分の担当の結晶部位にスプレーガンで塗料を射出するのだ。

「みなさんなら問題なく千メートル下の巨大AO結晶にたどりつけるはずです」

「手練《てだ》れが集まってくれましたけどね。——予定時刻です。アサさんから指示をどうぞ」

「さんは結構です。わたしのほうが年下だし……。わたし、エオーナさんと友達になりたいんです」

「だったら、そっちも私のこと呼び捨てで」

「わかった。じゃあマイクをこちらに。回線は全開放で——みなさん、建築師のアサです。これより巨大AO結晶のコーティング作戦を実施します。タンクが空になった方から、パトリアに帰還していただいて結構です」

——ペンキ足りるのかよ!

——きっと無駄足になるんだろうな!

全開放した回線から、罵声や怒号がありったけ聞こえてくる。

エオーナは、こういうドリフターたちの雰囲気には慣れていたが、それでも耳障りで、通信を切りたくなってしまう。

アサはドリフターたちがいくぶん静まるのを待って話しはじめた。

「あらかじめお伝えした通り、巨大ＡＯ結晶の上半分を塗ればＡＯ波が外部に漏れることはなくなるはずです。お配りしたマップに従って、担当箇所をすべて塗ってください」

――エンダーズがあふれ出るってうわさだぞ⁉

「繰り返し検証実験をした結論として、穴を埋め尽くす青い繊維体の領域を百秒以内に通過すれば、エンダーズが出現することはありません。さらに巨大ＡＯ結晶上面に到達して千秒以内に塗布面積が目標の十パーセントを超えれば、以降はエンダーズが穴の中で発生する可能性はありません」

アサの流れるような説明に、もはや異論は聞こえてこなかった。アサがエオーナ機に乗っていることも反発が少ない理由だったかもしれない。

エオーナが視線を送ると、アサは深くうなずいた。

「――ではみなさん、よろしくお願いします。作業開始です！」

エオーナ機が先陣をきってクレーンに向かう。両腕でクレーンの先端から垂れたワイヤーを摑《つか》むと、一気に降下しはじめる。

エオーナはふっと笑ってチームに語りかける。

「――みんな、しっかり摑まれ。下で待ってる」

――もたもたしてたら全部エオーナに塗られちまうな！

その声で緊張がとけたようにドリフターたちは大笑いしながらワイヤーで下降しはじめた。

アサがマイクを切ってからエオーナに話しかける。

「すごい。みんなの気持ちがわかってるんだね」

「ドリフター同士だからね。本当にわからないのは――」

「わからないのは？」

「――あ、もうつくよ」

あっという間だった。あたりは突然オレンジ色の光で満たされている。巨大ＡＯ結晶が発するＡＯ波が強烈すぎるのだ。

太い繊維ごしに巨大ＡＯ結晶そのものが見える。

「着地の衝撃で舌嚙まないようにね。行くよ！」

千秒以内に十パーセント以上――エオーナは割り当てられた区域に向かった。クレーンから最も遠いところだ。後方では次々と後続が降下して噴霧作業にとりかかっている。

エオーナは結晶表面を時に飛び越え、時に滑走して、目標区域にたどりついた。残り九百七十秒。直線距離にして千メートル超を時速百二十キロで移動したことになる。

エオーナ機はただちに噴霧をはじめた。塗料は元来透明だが、塗布して乾くにつれてプリズムのような光沢を放ちはじめる。

割り当てられた区画は、一人おおよそ百メートル四方。

ブルーシストでできた繊維体に囲まれているのだから、いつエンダーズが出現してもおかしくはないのだが、不気味なくらい気配はない。巨大ＡＯ結晶はすでに半分以上が塗られて、オレンジの光は目に見えて弱まっていた。

選ばれた百人のドリフターたちはそう間をおくこともなく、どの領域も塗り終えようとしていた。

エオーナはアサにマイクを渡す。

「──予想を上回るペースです。完了した人から、順次ご帰還ください」

アサは回線を切ると、エオーナの肩をつついた。

「わたし外に降りたいんだけど」

「はあ？　トイレか？」

「ちがうよ！　直《じか》に表面を確認したいの！　ちょっとだけだから」

エオーナは渋々コクピットハッチを開けた。

アサは側面にあるはしご伝いに、巨大ＡＯ結晶の表面に足をついた。

「よく定着してる。特殊な結晶だから、違う反応するかもって心配してたんだ」

しゃがみこんだままアサは、腰のポーチからなにやら小型の測定端末を取り出して操作をはじめた。

早く戻れ、とたまらず声をかけるエオーナに、

「ちゃんとＡＯ波が遮断できているのか確かめないと……」

ＡＯ波は遠隔からもざっと計測できるが、アサはなるべく近くで正確に知りたいに違いない。

——Not detected.（不検出）

アサがエオーナに画面を見せる。

「うん。測定できないくらい、ＡＯ波は遮断できてる！」

「そりゃよかった！　帰るぞ！」

「なんでそんなに急《せ》かすの？　だってほら、もうエンダーズは出てこない！」

「いつだって予想外のことはありうるんだよ。ドリフターの言うことを聞け」

そう言いながら、エオーナは上を見る。

さっきまでのオレンジ色の光にかわって、辺りはコーティング素材に覆われて、きらめいている。

だがエオーナとしては、足元の塗料よりも、頭上に広がる青い構造物が気になってしまう。この青はエンダーズと青い雨を思い起こさせる。

「ちょっと待って。ここ、斑《むら》になってるな」

アサは足元の表面を手で塗りひろげた。

「そんなのクレイドルでやるからいいよ！」

と言った直後、エオーナ機とアサをとり囲むように、四体のエンダーズが出現した。

「だから言ったんだ。——いい？　アサはそこから一歩も動かないで」

エオーナ機は左腕のブレードを抜き、振り返りざまうしろに迫ったエンダーズのコアを両断した。反《かえ》す刀で、円を描くように移動しながら残り三体を斬り倒す。

四体は青い霧となって消えた。

アサは霧を吸い込まないように口を押さえながらエオーナ機がさしだした左腕部《マニピュレーター》に乗り、そのまま持ち上げられてコクピットに飛びこんだ。

6　破断

アサの予想どおりリフレクト光学塗料によってエンダーズの出現はおさえられて、周辺での建築作業が進んでいった。

今は一日三交代で数十人のドリフターたちが現場のパトロールをしている。

「今日も異状なしだな。もう日が暮れる。私はもう一周して帰るから、みんなはもう解散していいよ」

エオーナが仲間たちに通達する。

――了解っす、ねえさん。

「ねえさんやめて」

塗布作業の指揮をとって以来――もともとてはやされがちだったのがどうなったのか――

ねえさん扱いされていた。

クレイドルのライトで穴をとり囲む〈天蓋基部〉を照らしていく。それは円形に並ぶ墓標のようでもある。

エオーナは担当範囲を確認し終えて、そのまま走り去ろうとしたが、ふと反射光に違和感をおぼえ、方向を変えて基部に近づいていった。基部の高さは二十メートルあり、四メートルのクレイドルよりもはるかに大きい。

柱状の基部の根元に大きな亀裂が走り、一部が崩れていた。クレイドルの手の届くあたりが、半球状にいびつに欠け落ちているのだ。

ライトの光のなか、ふもとの折り重なった瓦礫《がれき》の下に人の手のようなものが見えた。

「うそ⁉」

エオーナが機体を近づけて、両腕《マニピュレーター》で瓦礫を取り除いていくと、すぐに人の姿が見えてきた。重傷で、頭から血を流している。息はあるがひどく弱い。

緊急通報を入れてから、すぐにアサを呼びだした。

「東側の基部の近くで人が怪我《けが》してる！」

——すぐ行く！

救急車輛が到着してまもなく、アサも特別車輛に乗って現れた。

エオーナはライトを基部に当てたまま、クレイドルから降りて、アサたちを出迎える。

怪我人を運びいれた救急車輌はサイレンを鳴らしながらパトリアに向かっていった。入れ替わるように警備スタッフの車輌も複数到着する。

アサが基部の破断面に顔を寄せた。

エオーナは、アサに小声で尋ねる。

「エンダーズとか?」

「可能性は低い。エオーナたちが警護してくれてるんだから。むしろ、強度計算のミスか……」

新たに到着した車輌から、あのモラド一族の次期当主候補であるモデストが、部下とともにつかつかと歩いてくる。

「どいてもらおう。僕が検分する」

いやな予感がして、モデストをにらむ。はじめて見たときからいけすかないやつだと思っていたが、じかに会うとそれが一層強く感じられた。

「次期当主候補として、アメイジア建設計画の監督をしにきたのだが――まずは何が起きたのか見せてもらおう」

モデストは部下と小声で相談しながらじろじろと辺りを検分する。そして地面に落ちていた小さな瓦礫を手に取ってふりかえった。

「さすが我らが守護者エオーナ、感謝する」

「は?」と、エオーナ。

「よくぞ見つけてくれた。本建築計画の最高責任者はアサ、きみだ。話を聞かせてもらわねばならない。不本意だが同行してもらおう」

モデストが顎をしゃくって指示すると、周りの護衛たちがアサを囲もうとする。

「馬鹿な！」

エオーナは瞬間的にモデストに詰め寄ろうとしたが、アサにきっぱりと止められた。

「話しあいは得意だから。それにエオーナまで悪目立ちする必要はないよ」

エオーナに笑顔をふりむけながら、アサは連行されていってしまった。

7　裁判

エオーナとしてはクレイドルに乗って大暴れでも何でもしようとしたのだけれど、留置所の中のアサには、真っ向から反対されてしまった。

「私、裁判とかに興味ないんだけど。ふたりで逃げればよくない？」

「興味の問題じゃないよ、エオーナ！　みんなでやっとここまで社会を再建してきたのに」

戸口を両脇でかためる監視員が、無表情でやりとりを聞いている。

「アサ、その社会ってやつのせいで殺されるかもしれないってわかってる？」

「……わかってる」

アサはそう言いながらも、泣きだしてしまった。

エオーナだって泣きそうだったが、ここで投げ出したくはない。

「アサ、あなたがつくったものに細工するとしたら、どういうタイミング？　いつでもできる？」

「〈天蓋基部〉はアメイジアを守るためのものだから……可能な限り強くつくったよ。あんなふうに壊すためには、あらかじめ……建設中に何か入れ込まないと」

エオーナは格子を握るアサの手をつつみこんだ。

「あの基部の建設のときの記録はどこにあるの？　探してたらモデストあたりに邪魔されそうだけど」

「必要ない」

「え？」

「全部、憶えてるから」


一週間後、法廷の被告席にはアサが座り、そのとなりには被告側の証人としてエオーナが立っていた。反対側の原告席にはオーギュストとモデストが座っている。二百ほどの傍聴席は満席だった。

開廷しようとした裁判長をオーギュストが制してアサに話しかける。

「このようなことになって残念だ」

「わたしも残念です」

まずは破損した天蓋基部の分析結果をモデストが示した。喜々として破片のひとつを手で砕きながら、

「このような脆《もろ》いものを使って天蓋を作ろうとするとは！　被告はアメイジア崩壊を狙っていたと結論づけざるをえません。――裁判長、反論があろうはずがありません。ただちに結審を求めます」

しかしここでエオーナが手を挙げた。

「裁判長、反論があります。少しだけお時間をいただければ」

オーギュストが問題ないとうなずいくのを見て裁判長が告げた。

「では証人は手短にお願いします」

「ありがとうございます。基部に細工をした人物を捕まえました。話を聞いてみませんか」

傍聴席が一気にざわめく。

「ふざけるな！　そいつが犯人だという証拠はない！」

モデストが語気を強めるが、エオーナは冷静だった。

「どうしてでしょう。建築記録があるはずです。その人物はあの基部の外装を担当した作業員なのです」

「建築記録は不法に処分されていたのだ！」

「アサは全部憶えてるんです。誰がその現場を担当したか、顔も名前も」

「記憶などあてになるか！」

「その通りです。なので、私たちで確かめていきました。アサが工事の日にちどころか時間まで憶えてるなんて、信じられなくて」

エオーナは壁面モニターに映像を流した。

「これは当日警備にあたっていたクレイドルのカメラログです」

映像には作業員が何かを基部に埋め込んでいるのが捉えられている。

「この人物の犯行前後の動きは、パトリア内の監視映像をつなぎあわせて、ほぼ復元できました。ここでこの人物に報酬らしき包みを渡しているのが……」

法廷には一転して沈黙が広がっていた。

そしてすべての視線がモニターに映る人物――モデストのとなりに立つ部下に集中していた。

「お前、勝手に!!」

モデストが銃を抜いて、部下に向けた。

「待て！」

エオーナはモデストに向かって駆け出す。モデストの口封じを止めるために。

しかし直後、モデストはその場に崩れ落ちた。

隣にいたオーギュストが護身用の電撃銃《スタンガン》をモデストに押し付けたのだ。

エオーナは身体の緊張を解いて、アサに笑いかける。

アサは手錠をされたままエオーナに飛びついた。

エオーナはやさしくアサを受け止めるのだった。

モデストが連行されていき、ようやく静まった法廷の原告席で、モデストの叔父オーギュストが話しはじめる。アサに向き合い、公衆の面前で高らかに宣言した。

「私はここにアサ建築師への謝罪の意を伝えたい。我が一族の者がアサ建築師および私の地位を狙って危うく不正義をなすところであった。アサ建築師の疑惑を晴らした我らが守護者、エオーナには感謝の意を表するものである」

一週間後、オーギュストは調査に協力したドリフターたちにも感謝をし、あらためて謝罪と感謝のための席を用意してくれた。すべてモラド一族からのささやかな気持ちだとのたまって、盃《さかずき》をたかくあげる。

ひどく芝居がかったオーギュストを見ながら、エオーナはアサに耳打ちした。

「うざくない？」

「そういうこと言わないで。聞こえたらまた連行されちゃう」

「だからアサだけに聞こえるように言ったでしょ」

ふたりは顔を寄せ合ったまま、くすくすと笑いあった。

8　天蓋

大穴を囲む三百の基部の頂点には、大型の特殊ライトが取り付けおわったばかりだ。計画の最終段階で必要なのだという。

エオーナたちドリフターの作業員には、計画のすべてが伝えられているわけではない。作業にあたっていた五十機ほどのクレイドルが現場に点々と残っている。基部に囲まれた領域には、変わらずに青い構造体が広がっている。

エオーナとアサは、それをながめていた。いくどとなく目にしてきたこの青い景色だが、近い未来——そう、もう間もなくおとずれるその日には、まったくちがう姿になるのだろうか。

「アサ、予定だとあと一ヵ月くらいで天蓋までできることになっているみたいだけど……?」

「そうだよ」

「この青いの全部取り出すだけでも、半年はかかりそうなんだけど?」

「それはちゃんと考えてる。今取り出すから」

何を言われたかわからないエオーナを置き去りに、アサは建築チームが集まる大型テントの中に消えていった。しばらくしてヘッドセットにアサの声が届いた。

——これから強力な光が発生します。ドリフターのみなさんはクレイドルの中に入ってください。他の人は、わたしが大丈夫と言うまで穴に背をむけて目を閉じておいてください。

ドリフターたちは思わぬ指示に驚くが、すばやくコクピットに乗りこむ。

いったんすべてのライトが落ち、あたりに暗闇が満ちる。

――〈フェーズドライト〉点灯！

クレイドルの中、エオーナはモニターに映る大穴を見つめた。

テントやエオーナ機の両側から、穴のむこうに向かって光点が増えていく。

そしてすべてのライトが灯《とも》る。だが、場は静かだ。

エオーナがアサに問いかけようとしたとき、青い草原それ自体が波打つようにぼうっと輝きだし、次の瞬間には爆発するように全体が強烈に光を放ちはじめる。

光の圧力で、クレイドルが押されてしまう気さえした。

エオーナはその光が織りなす景色に感動して、泣いてしまいそうだった。

発光は数分ほども続き、最後に中央にちいさな青い光球が浮かんだ。それが弾《はじ》けると、ふたたびあたりには暗闇が広がった。

回線がひらいて、アサが話しかけてくる。

――エオーナ、乗せて。

アサがテントから駆け出してきた。

エオーナはアサを乗せて、穴の縁にたどり着く。

アサがまた通信でみんなに呼びかける。

「みなさん、もう目を開いても大丈夫です」

さっきまで青い草原だったのが、真っ白な平面が穴の全体を塞《ふさ》いでひろがっていた。カメラを寄せると、透明の結晶体になっているようだ。

アサがゆっくりと説明する。

「強烈な光を当てて、ブルーシストを過剰反応させたんだよ。化学発光の大規模バージョン」

「規模大きすぎるよ。で、なんで透明に？」

「ブルーシストが吹き飛んで、取り込んでいたものの一部が結晶化したんだよ」

「取り込んでいた？」

アサはうなずき、足元に落ちていた青い組織体を指さした。反応しきれなかったものが吹き飛んできたのだ。

「これはブルーシストが大量の水と二酸化炭素を取り込んだもので、簡単に言うと〝青の氷〟ってこと」

アサは何年もかけて、化学発光の実験をしていたという。

「……一部では言われてたんだけど、ブルーシストは大気組成を操作するための人工物じゃないのかって。だってこんな機能がある物質なんて……！」

「じゃあ向こうの透明なのは、ブルーシストの残骸《ざんがい》？」

「そう言ってもいいけど、たぶん大部分がダイヤモンドかフラーレン」

エオーナはぎょっとした。

「ダイヤ？」

「そう。すごく硬い炭素結晶フラーレンも混じってる。強度はあとで精査しないといけないけどね」

「そうじゃなくって！　すごく高い宝石でしょ！」

生活が安定してきた今、宝石の価値は再び高騰《こうとう》していた。ＡＯ結晶よりも、廃墟で貴金属類を集めるドリフターもいる。

「あー、そういうこと。残念だけど、少しだけブルーシストが残ってるから身につけられないよ。危ないから。ダイヤほしかった？」

「別にー」

エオーナは負け惜しみのように言った。

アサはひとしきり笑ってから、

「エオーナお願い。この結晶、念のため攻撃してみてくれない？」

「攻撃って言ったって……撃っちゃっていいの？」

「うん」

エオーナ機は穴のふちまで近づいて、できたばかりの透明な結晶に向かってライフルを連射した。さらに機体を発進させ、その勢いのままブレードで思いっきり足元を斬りつけた。鋭い衝撃がコクピットに響く。

ブレードの刃先がくるくると回転して、少し離れた地面にささった。

「折れちゃったじゃん」

「ハッチを開けて」

アサに頼まれ、ふたりで地に降り立つ。エオーナが攻撃した箇所に顔を近づけるが、結晶には傷ひとつなかった。

「よかった。基部より硬いことが証明された」

そういえば、アサは天蓋の作り方にはあてがあるようだった。

「もしかして、新しいやり方ってこのこと？」

アサはいたずらっぽく笑う。

「これを天蓋の基礎部分にするんだよ。ここを足場にして少しずつ天蓋全体を作っていく」

エオーナは、突然うれしさに似た強い感情がこみあげてくるのを感じた。がばっとアサにしがみつく。何か気の利いたことを言おうとするが、気持ちについていけない。

「すごい……すごいよ。ねえ！」

「でも……これからが大変だから」

「今くらい、うれしがれよー」

エオーナがこんなにも自分の気持ちにあらがえないのは、初めてのことだったかもしれない。

アサはなすがままに、腕の中でふわふわと揺れ、エオーナの手をいつまでもふりほどかなかった。

第四章　アメイジア　アサ／２１５０年

1　アメイジア、二一五〇年

青い繊維体を素材とした、炭素結晶の巨大な円盤のうえに〈天蓋《てんがい》〉が完成し――円盤下部に広く発生していた樹状の結晶を柱や梁《はり》として――地下都市の建造がはじまって数年、ついに国家としてのアメイジア成立が、現状知られている最遠方のコミュニティにまで宣言された。都市建造中にも多くの人々が流入し、建国時の人口は十七万人を超えていた。

そして二一五〇年、アメイジア人口はおよそ三十万人となり――地下都市への合流を拒《こば》み続ける地上コミュニティの人口も増えてはいるものの――アメイジアは技術面でも文化面でも地上を圧倒する、超稠密《ちゆうみつ》地下都市となっていた。

直径二キロメートル深さ二キロメートルの穴には、その半分を占めるほどの巨大ＡＯ結晶があり、とめどなく発せられるＡＯ波をうけとめる制御機構にとりかこまれている。アメイジア市民が消費する全エネルギーを管理する基盤だ。

住居区間は大きく三分割され、上級市民区画は忌むべき地上から最も遠い最下層部にあり、その上には中級市民区画、最上部に下級市民区画がある。

――アメイジア建設に大きく貢献した少数の人々は上級市民に。

——建設初期から参加していた人々は中級市民に。

——中終盤から参加した新規参加者は下級市民に。

このような階級制度が不平不満の源泉になることは誰の目にも明らかだった。

かつてアメイジア建設のためにあったコミュニティ〈パトリア〉を支配し、今はアメイジアの首相であるモラド一族の長《ちょう》、オーギュストは階級間に流動性をとりいれることにした。つまり、市民資格の売買を認めたのだ。ＡＯ結晶を中心とした経済は成立していたから、地上民であってもアメイジア市民資格を購入できるし、上級市民が中級市民と資格を交換することもできる。都市区画が増設されるたび、新規の市民資格がアメイジア政府によって販売された。

各区画からのびる地上への通路は複数存在し、上級市民の一部は最速で天蓋や周辺施設にエレベーターで上がることができる。とはいえ、浄化された水と空気が循環する地下都市から、青い雨の降る地上へ——いまだに〈モザイク病〉は克服されていない状況で——出ていこうとするアメイジア市民は極めて限られていた。この一年間で地上に出た上級市民にいたっては——かつてドリフターだった者たちもほとんどは地下の生活に慣れて——アサとエオーナをはじめとする数名だけだった。

ともかくもオーギュストは約束どおり、エオーナたちを上級市民として遇《ぐう》したのだ。アサもエオーナ同様、上級市民区画で暮らしている。

「ごちそうさま！」

今朝の食事はブラックコーヒーといちごジャムを塗ったトーストだった。アサにとってはいつもどおりだが、これは上級市民の中では最高に質素なものだ。

ただ今日はキッチンにさまざまな食材が並べられている。アメイジア内の野菜工場で水耕栽培された生《なま》の野菜や果物があり、細胞培養された各種人工肉があり、エオーナが地上民から購入した乳製品もある。

上級市民区画では、注文をするまでもなく、充実した食事が自動的に――都市管理ＡＩが判定して――各居室へ届けられるし、旧文明で使われていたような３Ｄフードプリンターも再び開発された。そのうえ、上級市民には専用のレストランも複数完備されている。

天蓋完成後も仕事ばかりで料理をしたこともなかったアサだったけれど、四年前からこの日だけは特別だった。

上級市民区画の中央にはアメイジア政府中枢がいくつかの棟に分散して存在し、アサやエオーナが暮らす居住棟とは空中回廊で立体的に行き来することができる。

しかし、アサはその特別待遇に甘んじることはなかった。今も旧文明の建築から学びながら、アメイジアの建築および改築につとめていた。今日も夕方からは会議がある。

その前にアサにとって最も楽しいイベントが控えていた。

あっというまに昼になって、玄関のインターホンが鳴った。声紋認証でロックを解除したと同時に、ドアが勢いよく開かれる。小さな影が玄関から駆けてきて、アサに思いっきり飛びついた。

「アサちゃん！」

「エウディア!」

今日はエオーナの娘の誕生日なのだ。

エウディアは、アサとエオーナが苦心してつくったつなぎを着ていた。格納庫に出入りする　ハンガーうち、整備士に憧れるようになったらしく、誕生日のプレゼントにねだられたものだ。

アサにとってエウディアは、自分の小さな妹か赤ちゃんのような存在だ。

あとから入ってきたエオーナが台所を見て驚く。

「すごいごちそうができそうね。私も手伝うよ」

「今日だけね。エウディアの誕生日だもん」

アサはキッチンから離れ、建築模型で遊んでいるエウディアに声をかける。

「今日で何歳だっけ?」

「よっつだよ! ——ねえ、〝おにわ〟に行っていい?」

エウディアは返事を待たずに勝手に奥のほうに行ってしまった。広い部屋の中でも、たくさんの植物が育てられている部屋がお気に入りなのだ。

アサ自身よりも大切なエウディアが自由にするにはかまわない。アサは料理を再開した。

この幼子の父親はドリフターだった。結婚式にはアサはもちろん、仲間のドリフターが千人以上つめかけたものだった。しかしエウディアが誕生する直前、エンダーズに襲われて帰らぬ人となってしまった。

「わたしもこどもつくろうかな」

「えっと、どこから聞けばいいのかな」

「あー、別にパートナーがいるわけじゃないし、人工授精するつもりもないんだけど」

「そういうのはいいけど、いきなりどうしたの」

「だってエウディアかわいいから。この世界で生きていくのは大変だろうけど」

「アサのこどもなら大丈夫でしょ。きっと賢いし」

メインディッシュの肉料理を煮込んでいると、エオーナが別の料理を手伝いはじめてくれた。リビングの大型壁面モニターにニュースが流れている。五年前に設立された〈アメイジア軍〉が、市民数人を連行している。

エオーナがアサにたずねる。

「最近よく報道されてるけど、エンダーズを信奉して暴動を起こしてるって？」

「百人くらいが集まって〈紫の子ら〉って名乗ってる」

二十年前まで人々は、青い雨とエンダーズというふたつの危険とつねに隣り合わせだった。しかし、いまや人々はそのどちらとも切り離され、エウディアのようにまったく地上に出たことのないこどもが増えていた。一方、アメイジアの恩恵をうけられず地上での生活を余儀なくされている地上民もいる。両者の生活と思想は、日に日にかけ離れていった。

「地上に行ったこともない、青い雨もエンダーズも知らないってこと？　私のクレイドルに乗せてあげようかな」

エオーナは半分ふざけて、半分は本気で怒っている。

この時代、ドリフターの一年後生存率は七十パーセントであり、いまだ危険な職業であることに変わりはなかった。クレイドルに乗っているとはいえ、不慮の事故で青い雨によってモザイク病になることもあれば、洪水に呑《の》まれる危険も少なくない。そしてドリフターが命を失う最大の理由は今もエンダーズだった。

アメイジアにはエネルギーを生み出し続ける巨大ＡＯ結晶があり、地下にいけばいくほど安全が確保されている。その一方で、地上に取り残された人々——地上民は、いまだそのような危機にさらされ続けているのだ。そうした格差が暴動につながっているのではないかという見方も広がっていた。しかも暴動だけでなく、都市内での犯罪件数——たとえば窃盗など——もだんだんと増えており、アメイジア市民の不安の種になっている。

「地上民がアメイジア市民のこと、なんて言ってるか知ってる？　〝もぐら〟だってさ」

エオーナは皮肉っぽく言うが、アサは笑ってしまう。

「うまいこと言うね。首相は怒るだろうけど」

「首相って、まだオーギュストだよね？　次期首相候補はどうなるのかな？」

かつて後継者とされていたモデストは、アサを陥れようとした結果、不正が発覚して政界にいられなくなったからだ。

「エオーナ、ちょっとは自分の都市に興味もったら。次期候補は、セレステっていうもっと若い人。今は政務官してる」

「ふうん。——で、さっきの〈紫〉の何とかって、どういう人たち？」

「エンダーズに供物《くもつ》を捧《ささ》げているみたい……」

「供物⁉　それなに？　ＡＯ結晶でもあげるわけ？」

エオーナは思わず声をあげる。

「ちがう。その人たちが捧げているのは……たぶん人間だよ」

エオーナは信じられない。そんなことをして何になる？

「冗談でしょ？　人をおびやかしてる元凶に、人を……？」

「このまえわたしが軍といっしょに地上の調査に行ったときに、祭壇みたいなものを見つけちゃって、人を拘束した痕跡があったんだ……」

そうアサが言いかけたとき、突然エオーナは自分の口元に人差し指をあてた。静かにしろということだ。

エオーナはフライパンをつかんだ。並はずれた聴覚で何かを感じ取ったようだ。しのび足で廊下の様子をうかがう。

アサはうながされるまま、黙ってエオーナのうしろに移動した。

「音が――動いてる……！」

エオーナは目を閉じ、耳を壁に近づけたまま、すばやく歩を進める。わずかな振動音を追う――その先は、観葉植物のしげる部屋、すなわちエウディアのいる〝おにわ〟だ。

何者かが部屋のバルコニーをつたって、〝おにわ〟まで移動しているのだ。

エオーナはすかさず走り出す。

アサもたまらず、うろたえつつもその後を追った。

予想通り、〝おにわ〟の天井に設置された換気口から何者かが降りてきて、いままさにエウディアを抱えていくところだった。

「かあちゃ！　アサちゃ！」

侵入者は曲がった刃《やいば》のナイフを抜いて切りかかってくるが、エオーナはフライパンでそれを叩き落とした。

しかし敵は用意周到だった。エオーナに組み伏せられる直前、換気口に待機していたもう一人の仲間にエウディアを渡したのだ。

そいつはガスマスクをつけた顔をエオーナに向けるやいなや、発煙筒を床に叩きつけた。煙はあっというまに〝おにわ〟に立ち込め、エウディアの泣き声がだんだん遠ざかる。

「換気扇つけて！」

とっさにアサが室内管理ＡＩに指示を出した。

──承知いたしました。

しかし数十秒後──煙が晴れたときには、エウディアはとっくに連れ去られていた。

2　紫

アサは気を失いそうだった。エウディアはアサにとっても娘のようなものだ。

だがエオーナの対処は冷静だった。組み伏せた男を確実に拘束し、そのまますぐに通報を行う。

ほどなくして警護部隊がかけつけ、その場で侵入者の尋問をはじめた。

――目的は何だ。アサ建築師か？

――おれたちはこの部屋にいるこどもを祭壇まで連れてこいとしか聞いてない。他は殺してもいいってよ。

そう聞いた瞬間、エオーナが立ち上がって、身じたくをととのえてアサの部屋から出ていった。

アサは慌てて追いかける。

ふたりはクレイドル格納庫までエレベーターで移動した。

アサは久しぶりにエオーナのクレイドルの後部座席にすわった。しかし感慨にふけっている余裕はない。すぐさま首相官邸に通信を入れた。

「建築師のアサです。緊急事態なのでオーギュスト首相につないでいただけませんか」

認証コードを確認すると、事務官は返答する。

――首相は定例会議中です。お待ちいただけますか？

「緊急事態です。あなたの責任にはなりませんから」

すぐにオーギュストが出た。

――大変なことか？

「エオーナの娘エウディアが誘拐されました。首謀者は例の〈紫の子ら〉だと思われます。これはクーデターへの第一歩です」

オーギュストが首相として動きやすくするためのキーワードをちりばめた。本来はアメイジア市民が誘拐されただけで行動してほしいが、事態の深刻度に応じて、オーギュストが指示する捜索の規模や速度が変わることは容易に想像できたからだ。

――状況は把握した。ただちに〈アメイジア軍〉で捜索隊を組織する。

オーギュストないしアメイジアにとって、地上から物品を回収してくるドリフターは今も最重要の存在であり、その実質的な長であるエオーナに対しては最優先で対応しなくてはならない。これが本当にクーデターにつながれば、近年大きな予算が投入されている軍を総動員してくれるだろう。

アサが通話を切ったときにはエオーナはクレイドルをエレベーターまで移動させていた。

「首謀者って〈紫〉なの？　アサの予想？」

「首相を動かすために言っただけだけど、たぶんまちがいない。少し前から懸念はしてたんだ」

「ひとりで納得してないで説明して」

「わたしがあの人たちの祭壇を発見したことで、アメイジア政府は徹底的な捜査をはじめたの。だからその報復だと思う。ごめん……わたしのせいで、エウディアが……」

アサは泣き出しそうだった。

「アサ！　エウディアは大丈夫！　ふたりで取り戻すよ！」

エレベーターが地上に到着して、エオーナ機がゆっくりと天蓋外縁部に歩み出た。

まずレーダーを起動して、周囲にエンダーズがいないことを確認する。

今のクレイドルは、二十年前にふたりで穴に降りたときよりもはるかに高性能だ。通信用のアンテナや探索用のセンサーは感度も範囲も大きく向上した。ことにエオーナには、政府技術陣から最新型の機体が供与されており、コクピットは物理的強度も対ブルーシスト性能も強化されていて、脚部にはまだ実験段階だが跳躍用スラスターが装備されている。

「祭壇の場所はアサのおかげでわかるんだから」

「……ごめん、わかった。ちゃんとやる。エウディアを取り戻す……！」

アサは二十年前エオーナに救われたことをずっとずっと覚えている。

オーギュストは首相になってからは温和になったものの、アメイジア建国前は政敵も多く、敵対者には苛烈な処分を課していた。モデストの謀略にアサがおとしいれられたあのとき、エオーナがいなかったらアサの命はなかっただろう。

アサにとってエオーナは、アメイジアの守護者であると同時に、自らの命の恩人なのだ。だからエウディアは、アサの命そのものと言ってよい。

3　群青領域《ぐんじょう》

西の盆地には、青黒い森――〈群青領域〉が広がっている。

アメイジアが推し進めてきた周辺調査で実体が明らかになってきた秘境のひとつだ。

だが、今いる高台から見ても、その森の中央部から先は靄《もや》に包まれており、どこまで広がっているのか視認できない。

森には高粘度《こうねんど》の青い物質が地面にも木々にも堆積《たいせき》し、こびりついていることはわかっていた。エンダーズの〝死骸〟だと言う者もいるが、真実はわかっていない。

わかっているのはエンダーズとAO結晶がここには大量に存在するということだけだ。命知らずのドリフターでも避ける危険地帯として知られている。そしてアサが〈紫の子ら〉の祭壇を見つけた場所でもある。

「エオーナは入ったことある?」

「エウディアが生まれる前に、何度かね。たまにでかい結晶が見つかるからドリフターにとってはいい狩り場なんだけど、AO波が乱反射してエンダーズが近づいてきてもわかんないし、危ないから仲間にはすすめられない。アサ、ここを調査してたの?」

「うん。結晶ももちろんなんだけど、未知の素材があるかもしれないから……」

アサは説明をつづける。

「この領域のずっと奥に、とても大きくて硬い〝鳥の巣〟みたいなものがあるの。ブルーシストでできてて、わたしたちは〈巨大構造体〉って呼んでるんだけど、そこには集団が焚《た》き火をした痕跡があったり、規則的に骨がちらばっていたりして……。血の付いたロープなんかも埋められていた。なにか儀式が行われたんじゃないかって、その時に報告したんだ」

「そこが〈紫〉の巣かも、ってわけだね。行ってみよう」

領域内では通信がしにくくなる。エオーナは今のうちにと、仲間のドリフターたちに現在地を告げた。

――了解しました、ねえさん。追いかけますんで、無茶はしないでくださいよ。

群青領域は凹凸《おうとつ》のはげしい森だが、エオーナ機は平地とかわらない速度で駆け抜けた。エンダーズが出現しても勢いは落とさず、ブレードで一太刀《ひとたち》に倒し、銃弾は一発も使わずに、ひたすらに進んでいく。エウディアのことで頭がいっぱいのはずなのに、戦いぶりは冷静そのものだ。

森の向こうから光がさす。ひらけた場所に出る手前で停止した。

AO波レーダーが強く反応したのだ。かつては半径数百メートル以内のAO結晶のありかがぼんやりわかるくらいだったらしいが、いまでは半径十メートルの範囲まで絞り込むことができている。

「巨大構造体はこの奥にある」

アサに言われて、エオーナはクレイドルをわずかに動かした。

木々のすきまから見えた青い巣は、高さ百メートルはあるだろうか。倒れたコーヒーカップのような形をしていて、ふちの一部が地面に接触している。そこから内部に入れそうだ。

エオーナはクレイドルのカメラを駆使して周辺の状況を探る。

後部座席のモニターを見ていたアサが声をあげる。

「カメラ戻して。これ、クレイドルの脚じゃない？」

鳥の巣にかくれた物体が、わずかに見える。

「あいかわらず目、良いね――」

そう言いながらエオーナはクレイドルを急発進させた。アサはシートに押し付けられる。

エオーナもアサも、いてもたってもいられなかったのだ。この速さなら、仮に誘拐犯が気づいたところで、エウディアを傷つける一瞬のすきもないだろう。

アサは高速移動に耐えながら思わず声を出す。

「エウディア、待ってて……!!」

4　モデスト

エオーナたちはクレイドルの脚部ローラーをさらに加速させ、巣の正面突破を試みる。

一気に正面に出ると、さきほど脚だけ見えた地上製のクレイドルたちが起動しはじめるところだった。気づかれていたのだ。ライフルを使うと、どこにいるかもわからないエウディアに弾が当たる可能性があるので、そこにいるすべてのクレイドルの脚部をブレードで叩き斬った。

アサがわけ入《い》った鳥の巣の内部はそここで木々が倒れ、歪《いびつ》に割れたドームのようだ。そのさらに奥で、木々が折り重なり坂のようになっている。その頂上、高さ三十メートルほどのところで三機のクレイドルがこちらを窺《うかが》っていた。

エオーナはすばやく坂の左手を駆け上がっていく。

三機のうち、右の一機が突出《とっしゅつ》し、左の一機がライフルを連射する。

三機とも地上製だが、アメイジア製クレイドルに匹敵する性能のようだ。ただ、両側にくらべて中央の一機だけは動きがにぶい。

エオーナ機は高く飛翔《ひしょう》し、まず左のライフルを蹴り飛ばし、反撃の機会を与えることなく脚部を破壊する。返す刀で右の一機も斬りたおした。

中央に残ったクレイドルはうしろにさがって退却の体勢をとる。やはりぎこちない動きだ。

通信周波数が同じものかどうかわからない。エオーナは外部スピーカーで警告する。

「逃げようとしても無駄だ。その動きだけでも、お前が素人なのはわかる」

数秒後ノイズが聞こえ、コクピットモニターに相手の顔が映し出される。

その人物はひどくやつれていて、アメイジアにはあまりいない高齢者のようだった。

——やあ、きみたちか。

「エウディアはどこだ！」

エオーナが威嚇する。

——どこだろうね。

その答えからして図星だったようだ。

坂の下から大きな音が迫ってきた。ドリフターではないアサにもわかる、クレイドルの駆動音だ。

「エオーナ、敵の増援？」

「味方だよ」

耳の良いエオーナは断言した。

後部カメラのモニターに、仲間のドリフターたちが十機、二十機と集まってきていた。

それでもなお、目の前の人物はにやにやと笑っている。

アサは身を乗りだして、エオーナにだけ聞こえるようにささやく。

「この人なにか余裕すぎない？」

「……答えろ！　どこにいる！」

――慌てなくても、ここにいるさ。

画角が変わり、昏睡《こんすい》しているエウディアの姿が見えた。

刹那、エオーナは突進し、ブレードで敵クレイドルの両腕両脚を切断し、強引に腕でコクピットハッチをこじあけた。

エオーナ機のコクピット座席前方には窓代わりのスクリーンモニターがはめ込まれている。かつてはかなり小さな画面だったようだが、今では広く外部を見ることができる。そのモニターに映る人物の両目はくまに覆われており、肌はぴったり骨にはりついている。ひしゃげた笑顔が哀れさをたたえていた。

「アサ、操縦桿《そうじゅうかん》をお願いね」

エオーナはコクピットハッチを開きアサにクレイドルを任せると地面に降り立った。

お願い、と言われてもクレイドルの操作などしたことがない。アサは困惑し、せめて操縦桿が動かないようになんとなく手を添えるばかりだった。

エオーナは怒りを抑えて淡々と告げる。

「抵抗するなら撃つ。私の子を返すんだ」

エオーナは敵のコクピットに乗り込み、エウディアを抱きかかえた。エウディアは何かの薬品で眠らされたようだが、息はしっかりしている。

次の瞬間、老人が口をひらく。

「僕の顔に見覚えがないのかな。二十年ぶりだから、気づかないのも無理はないが……」

エオーナたちが黙るのを見て、その老人は続けた。

「モデストだよ」

二十年前の裁判以来だ。

エオーナは苦々しさを――そして不思議と懐かしさも――思い出す。

「僕が〈紫の子ら〉の長《ちょう》だ」

エオーナは問い詰める。

「おまえに苛《いら》つくのは二度目だ。いったい何のためにこんなことを?」

「決まっているだろう。おまえたちへの復讐だ!」

「文句があるのは私たちになんだろ? エウディアは関係ない」

「……アメイジアの守護者よ、きみはテンペストを見たことがあるか?」

「テンペスト?」

モデストは目をほそめ、ひとり楽しそうに語りだす。

「ドリフターたちに伝わっている伝説のエンダーズだよ。誰も見たことがない」

「ひとりで見るんだな!」

エオーナはたまらずモデストに怒鳴った。

――エオーナ! 戻って!

エオーナがクレイドルの手のひらに飛び乗ったのを確認すると、アサはすぐにその手をコクピットに引き寄せる。

「いいや！　お前たちにも見てもらう！」

モデストの高笑いがひびき、次の瞬間、鳥の巣の入り口――ドリフターたちが集まった場所で大爆発が起きた。仲間のクレイドルが次々と吹き飛ばされ、その衝撃で、エオーナはエウディアを抱きしめたまま、クレイドルの手から転げ落ちてしまった。

エオーナ機もバランスを崩して、エオーナたちを残して坂を滑り落ちてしまう。開いたままのコクピットハッチのすぐそばで爆発は続く。

空中にはオレンジ色の粒子が大量に散っている。

「ＡＯ結晶を爆破した……？」

アサはなんとかクレイドルの姿勢をたてなおして、苦心しながら坂の上を目指す。倒れているエオーナたちのもとへ向かおうとする。

モニターを見ると、モデストはコクピットに座ったままで、にたついている。そして立ち上がり、両手をひろげて叫びだした。

「テンペスト！　僕の憎しみを食ってくれ！」

5　神殿

モデストの叫びに応じるかのように——実際はＡＯ結晶の爆発によるＡＯ波に惹《ひ》かれたのだろう——周囲からブルーシストが集まり、オレンジ色の粒子と混じり合って、紫色の渦となっていく。

渦はクレイドルの眼下、巨大構造体の入口で、ゆっくりと大きくなりながら回転している。

アサは坂のうえにいるエオーナとエウディアのもとに行こうと、クレイドルを後退させようとするのだが、数メートル上がったところで機体が動かなくなってしまった。

モーターは正常に作動していると表示が出ているのに。

アサは何度も、思い切り操縦桿を倒すが、なんの手応えもない。それどころか、周りの景色がどんどん目線の下に降りていく。

「まさか……吸い上げられてる？」

クレイドルの四肢を動かすが、どこにも接触した手ごたえはない。

高さ四メートル、重量五トンのクレイドルの巨体が浮き上がっているのだ。どんどん地上から離れていく。

激しい風のなか、渦の外輪部がなにかの形になっていく。

それは翼だった。鋭利な輪郭の翼は、二枚だけで百メートルある巨大構造体を覆うほど広い。

そして渦の中心が激しく回転しながらアサ機に向かって伸びながら鳥の嘴《くちばし》に変わる。

「え……？」

次の瞬間には紫の渦は鳥の形になっていた。

紫の巨大鳥《きよだいちよう》に、アサは目をみひらき絶句してしまう。

モデストも目をみはるが、そこには興奮がみなぎっていた。口角をぐにゃっと上げ、声をはりあげる。

「さあテンペストよ、こいつらだ！　こいつらを供物にする！」

鳥型が完成するにつれ、風がやんでいく。宙に浮かんでいたクレイドルは落下してしまい、

「うう」

アサはその衝撃でコクピット内で身体をうちつけた。

ドームの天井付近まで舞い上がっていた鳥が、急降下してエオーナたちの眼前に降り立った。

鳥を凝視するモデストの瞳に生気がともる。向かってくる翼を抱きとめるように両手を広げた。

「僕を新しい理想の地へ！」

鳥は一瞬、その片翼をふくらませたかと思うと――そのままモデストにむかって巨大なそれを振り下ろした。

そうしてモデストは、轟音《ごうおん》とともに大地の中に消えていった。

テンペストが翼を上げて飛びたつ。地面の上ではモザイク状の塊——モデストだったものがうごめいていた。

アサは底しれぬ恐れをいだいた。

鳥の巣の中——アサたちがいる斜面に亀裂が走っていく。アサの足の裏からも震動がびりびりと伝わってくる。

アサはテンペストの注意をひきつけようと、エオーナたちから離れる方向に移動した。

「おいで!」

しかしテンペストはそれにはかまわず、翼をやわらかく羽ばたかせながら、エオーナとエウディアの眼前におりたった。

「……おいでってば! こっちに来てよ!」

アサの叫びもむなしく響く。

テンペストは、紫色の嘴をエオーナたちに近づけた。

エオーナは、いまだ昏睡状態のエウディアをかばって自らの身を差し出した。

この鳥に触れれば、たちまちモザイク病になってしまう。

にもかかわらず、エオーナはテンペストにむかって歩みだした。

しかし——次の瞬間テンペストの紫の嘴は、ふたりともを丸呑みしてしまった。

「嘘? 嘘! いや!」

アサは悲鳴を上げ、操縦桿をがちゃがちゃと動かしてテンペストの頭部を殴りつけた。

すると、嘴から人影がまろびでた。慌ててアサはクレイドルの両手をさしだした。

戦いをしかけてこないかと思われたテンペストだったが――

直後、何本もある脚のひとつでクレイドルを蹴り上げた。

クレイドルは吹き飛ばされ、そのまま機体は坂を転がって、さっきの爆発でできた穴に落ちてしまった。コクピットのなかで振り回され、アサは気を失いそうになりながらも、そうっとクレイドルの両手をひらく。

中にはぐったりとしたエオーナの姿だけがあった。

アサは泣きそうな声で呼びかけた。エオーナがうっすらと目を開くのが見えた。一命はとりとめたようだ。

そして突如として――テンペストは竜巻に変わった。あまりの風圧に、鳥の巣の天井が吹き飛ばされていく。

エオーナはゆっくりと上半身を起こし、紫の嵐を見あげた。

「待て！　待って！」

エオーナは怒鳴るように、懇願するように叫ぶ。

アサはエオーナをクレイドルの手にのせたまま、穴から駆け上がった。

「待って、待って……！」

ふたりの叫びは、ひときわ強い紫の風にかき消されるばかりだった。

頭上には、テンペストの姿はなかった。

6　炎

不思議なことに、エオーナはモザイク病を発症していなかった。

青い斑紋が浮かんでいないこと自体はよろこぶべきだったけれど、しかしそれはテンペストがエンダーズだとしても通常のものではない可能性を示していた。

「特殊エンダーズってこと？」

「わからない。話には聞くけど私も出くわしたことはない。ただ、あの嘴の中はすごい風だった……」

エオーナ機はまだ動けるドリフター部隊やオーギュストが送ってきた軍の応援部隊に合流すると、エウディアを呑み込んだままのテンペストの捜索を開始した。爆発をのがれた十機――ドリフター七機とアメイジア軍機三機をともなって、アサとエオーナは出発した。幸い、紫の嵐が移動した方向はわかっている。

テンペストが上空に飛び出たとき、十機ともがそれを目撃していた。誰もが特殊エンダーズに遭遇したのは初めてだと話した。

「あいつ、本当にモデストだったのかな？」

話しながらも、エオーナは一切スピードを落とすことはない。

「わからないけど、嘘をつく必要もない」

首相からはなにも聞いていなかった、とアサは言った。甥《おい》が落ちぶれてからは、なるべく負の情報を隠したかったのかもしれない。

「だとしたら、油断した……」

「油断って?」

「そう。だって、当然私たちのこと恨んでるよね。失脚しちゃったし」

「だから首相になる前のオーギュストさんは、モデストを監視下に置いていたと思うけど」

一機のクレイドルが右から近づいてきた。

——ねえさん！　領域の東を捜索してる班から、でかい鳥の巣みたいなものを見つけたって報告が。

エオーナは発見地点のデータを受け取ると、他の捜索メンバーたちにそちらに向かうよう指示を出す。

さっきの巣から数十キロほど離れているが、クレイドルにとってはさほどの距離ではない。エオーナは最大速でクレイドルを走らせた。

到着した先は、鳥の巣というよりは燃えさかる地獄の火のようだった。もちろん本物の炎ではない。紫の炎のような形をした十ほどの巨大構造体が天にむかって伸びているのだ。自らを供物としたモデストの憎しみのようだった。

「私が助かったんだから、エウディアだって……！」

エオーナ機を囲むように十機のクレイドル部隊が集まる。

エオーナはハッチを開けて、全機にむけて作戦指示を出す。

「みんな来てくれてありがとう。さっきみんなも見ていた通り、あの特殊エンダーズ……テンペストって呼ばれてたけど、あいつに呑み込まれても私はこうしてモザイク病にならずに生きている。理由はわからないが、私の娘エウディアもまだ生きている可能性がある。もう少しだけ付き合ってほしい」

ドリフターたちはいさましい声をあげ、アメイジア軍部隊の長も頼もしく答えた。

「問題ない。あなたたちふたりはアメイジアの根幹だ。すべての指示に従うよう、首相から厳命を受けている」

「そう……ありがとう。感謝する」

エオーナもアサもいつもは特別扱いを断っているものの、エウディアを救うためとはいえ、結局こうして優遇されることになって、少しばかり釈然としなかった。

そしてアサは胸がざわつくのを感じていた。

テンペストはどこに消えたのか。あの体積、あの質量だ。エオーナの機体で追いつけないいなんてあるだろうか――いやな想像が青い森のように広がっていく。

アサは紫の柱を見上げた。疑惑が確信に変わった。

7　取り戻す

「ちがう！　この柱自体がテンペストなんだよ！」

「え？　じゃあ囲まれて——」

エオーナが言い終えないうちに、まわりにたちのぼっている十ほどの紫の炎の円柱に異変がおきた。

まわりの柱が一斉に炎のようにゆらめいて、たちまちエオーナ機がいる地点を中心として大きな嵐を巻き起こした。

エオーナ機のまわりで、取り込まれたクレイドル数機が紫の竜巻の中をまわっている。

エオーナは気合を入れると、竜巻の根本にライフルで炸裂弾《さくれつだん》を撃ち込んだ。

ＡＯ結晶掘削用の強力な弾丸だ。紫の嵐にわずかな切れ目を生じさせた。

エオーナ機はわずかな嵐の切れ目に飛び込み、脱出を試みる。巧みに後退していく。

建築師なりに、アサは目視でもおおよその寸法や特徴がわかる。

「高さ百二十メートル、幅百メートルの竜巻か。逆円錐《えんすい》型の特殊エンダーズ……。こんなものが存在するなんて……。上部には、より幅広い円盤構造——エウディアがいるとしたら、あそこかもしれない」

だが、心には余裕がなかった。

「でも、どうやってあんな高いところまで行く？　足場になりそうなものもないし」

「大丈夫！」

エオーナの操縦桿さばきは見事だ。

アサは思い出す。そうだ、わたしの親友は当代最高のドリフターなのだ。

エオーナ機は嵐の中につっこんだ。

竜巻に巻きこまれたクレイドルは分解したりはしていない。飛びかかっているクレイドルの一機にエオーナ機はつかまり、他の機体を踏み台にして、どんどんと上層へ移動していった。

そのありえない動きにアサはふりまわされ、技巧にみとれるひまもなかった。

「みんなごめん！」

最頂部の一機を踏み台にして、エオーナ機はテンペストの上部円盤にたどり着いた。

クレイドルの左手で硬化した部分につかまり、そのまま右手のブレードで亀裂を入れ、強引に円盤上へと機体をひきあげた。

そこではどこまでも静寂が広がっていた。氷のような紫の平面が広がっている。

いつの間にか夜は更けていて、綺麗《きれい》な星空が見える。

円盤の中央、クレイドルよりも少し高いところに、紫水晶のような立方体がゆっくりと回りながら浮かんでいた。その内奥《ないおう》に、光り輝く紫色の球体が見えた。コアだ。

「やるよ」

エオーナは最速で紫の面上を滑走した。加速したままブレードで斬りつけようとするも、平面から別のなにかがせりあがってくる。触手のような、鳥の爪のような、巨大で鋭利なものだ。

エオーナ機の脚を狙って、関節部分を掻《か》きむしる。

クレイドルの片手と片脚を犠牲にしながらも、エオーナは立方体に切りつける。

そのとき、アサが制した。

「待って！　あれ、エウディアだよ！」

「何だって……⁉」

紫水晶の立方体の中のエンダーズコア――それを抱きかかえながらエウディアが眠っていたのだ。

「このまま削り取る！」

力ずくで叩き割るのではなく、結晶を繊細に削り取っていくしかない。

新たな爪が機体を襲うが、もはやエオーナは避けようともしない。

爪はしつこくつきまとい、ついにフロントモニターがつきやぶられた。爪はエオーナの頬《ほお》すれすれをかすめ、コクピット内の座席シートをつきさした。

エオーナは構わずブレードを振るい、ついに紫の立方体を叩き割った。

その中では、エンダーズコアがまるでエウディアを取り込もうとするかのように大きくなっていく。

「アサ、ハッチを開けてエウディアを！」

「わかった！」

直後、エオーナは愛娘《まなむすめ》の両腕とコアのあいだに、寸分の狂いもなく、ブレードを突き立てた。

上半身をハッチから出していたアサは、まろび落ちてくるエウディアを受け止めると、そのまま後部座席にふたりで転がっていった。エウディアの体温を感じてアサは安堵《あんど》する。死んでしまったエウディアの父親の代わりに出産にも立ち会ったし、エウディアのおむつだって数え切れないくらい替えてきたのだ。アサはエウディアごと自分の体をシートベルトにくりつけた。

「エオーナ、もう大丈夫！」

「ありがとう！　決着つける！」

エオーナはそのままブレードをコアの奥に押し込む。

空間そのものが割れるような破断音とともに、コアが真っ二つになる。破壊の衝撃でエオーナ機ははじき飛ばされた。

と同時に、テンペストの円錐はぐらぐらと揺れはじめた。

「まずいまずい！」

振り回されるコクピットの中、アサはエウディアを抱きしめたままモニターを凝視する。

コアは霧となって消えつつあった。

「エオーナ！　コア、砕けてる！」

その瞬間、エオーナ機につきささっていた紫の爪も崩壊をはじめ、テンペスト全体のかたちが溶けはじめた。

エオーナ機は大きく傾いた円盤のうえを滑り落ちていくが、その最中に円盤も霧状となって、そのまま落下しはじめた。

アサはモニターを見て叫ぶ。

「地上まで二十メートル⁉」

エオーナは残った片脚の跳躍用スラスターを全開にした。

着地したとき、脚は完全に壊れてしまったが、コクピットにはほとんど衝撃はなかった。

アサはいつのまにかずっと止めていた息を吐き出した。

「さすがアメイジアの守護者」

まわりには嵐から解放されたクレイドル十機が折り重なって倒れている。パイロットたちは機体を動かして生存を知らせてくる。負傷の度合いはわからないが、全員命に別状はなさそうだ。

「テンペストは⁉」

エオーナが最後に残った腕部で機体を動かすと、カメラが上空にピントを合わせた。

テンペストだった紫色の霧は、夜空の下で見えなくなっていた。

アサの腕の中で、エウディアはもぞもぞと動き、ゆっくりとまぶたをひらいた。

「う……うう、アサしゃん……？」

「エウディア！」

エオーナも立ち上がって、

「エウディア！」

「かあちゃ！」

青い斑紋は、エウディアのやわらかい肌のどこにもなかった。アサは安堵で腰が抜けそうだった。そしてエオーナにむかって笑みをむける。

エウディアがアサの腕のなかで空を指差して言う。

「星が、生まれるよ」

エオーナとアサは指さす先を見上げると、霧の中の一点が輝きはじめる。

「嘘でしょ？」

テンペストのコアが再結集しようとしているのだ。

「ライフル！」

しかし、もはやエオーナ機は片腕を上げることもできず、なすすべがない。

みるみるうちにコアは前と同じ大きさに戻り、そのまわりにまた、巨大な鳥の体軀が形成されていく。

テンペストは何事もなかったかのように、ゆっくりと舞い降りてくる。絶対的な存在であることを誇示するかのようだった。

「あ、ああ……」

もう手の打ちようがない。

だがテンペストはじっと地上を見下ろしたまま、空《くう》にとどまっている。

アサはふとテンペストと視線が交わるのを感じた。なぜだか、すうっと恐れがひいていく。

テンペストは長いまつげをふるわせてまばたきし、首をかしげた。なにか話したがっているようにも見えた。

アサはこわごわ、しかしやさしく語りかけてみる。

「――テンペスト。この子はわたしたちの子です。返してもらいます」

テンペストは大きく嘴をあけ、ふるふると身をふるわせた。そして、ゆっくりと舞い上がると、夜空に溶けるように消失してしまった。

8　紫色のコア

群青領域から無事帰還し、メンバー全員が、オーギュストから特別評価された。

新種のエンダーズの情報を得るとともに、それを撃退したことで、〈紫の子ら〉の勢力拡大をふせぐ契機となったからだ。

エウディア奪還は大きなニュースとして扱われ、エオーナとアサは今まで以上の有名人となってしまった。

ふたりには秘密があった。

「しかし、アサがこれを廃棄しないって言うとはね」

エオーナはポケットから光るものを取り出した。ひそかに持ち帰った、テンペストのコアの欠片だ。アメイジアの格納庫に戻ったとき、後部座席の奥で発見した。エウディアの体についていたのだ。アメイジアに持ち込むにあたっては、リフレクト光学塗料がたっぷりと塗られている。

「記念だよ」

とアサはうそぶく。

オーギュストに老人の映像記録を見せたところ、それはモデスト本人であったことが確認された。さらにその死を告げると、沈黙してしばし目を伏せ、そして小さくつぶやいた。

「やつの存在を恥じ、アメイジアから追放したのが間違いだった。まさか地上でまた間違いを犯すとは。私はもっとモデストと向き合うべきだった」

オーギュストは誘拐についても謝罪し、ふたりに対して上級区画でも最上級の部屋を用意すると言ってきた。

「また誘拐されたら面倒だからでしょ」

エオーナが肩をすくめるとアサもうなずく。

「わたしとエオーナ、たぶん前よりも狙われるようになったからね」

反アメイジアを標榜《ひょうぼう》している団体はまだまだ多く、ふたりは、オーギュスト首相とほとんど同レベルで要警護対象とされることが決まったのだ。

「それにしても、部屋が隣って露骨じゃない？　警備の手間を減らそうとしてる」

「警備員の数は減らないと思うけど。それに今ならまだ、別の区画を用意できるはず」

「そうなの？」

「でもわたしは隣がいい。エウディアのお世話もできるし」

「アサ、もっと自分の時間を大事にしていいんだよ」

「エオーナもエウディアも、自分みたいなもの」

エオーナは目を伏せた。

エウディアがアサの足に抱きついてきて、アサは思わず破顔する。

「もう、エウディア。だめだよアサを甘やかしちゃ」

そう言いながらエオーナは、エウディアをアサごと抱きしめる。

ふたりを抱きしめてくすくすと笑うエオーナのポケットのなかで、テンペストのコアの破片がにぶく紫色に光っていた。

第五章　生存のための圏《カテゴリー》

エウディア／2187年

1　トレジャーハンター

二一八七年――〈新月の涙〉から八十八年。世界は狭くなり、それゆえに安定していた。

その安定性の中心に、地下都市〈アメイジア〉が存在する。

直径二キロ、深さ二キロの巨大な地下都市には、現在五十万人以上が暮らしている。モラド一族は都市を支配し、今では周辺の地上民をも懐柔《かいじゅう》し、その生存圏をより強固なものにしていた。周辺に点在する百ほどもの地上のコミュニティとともに、巨大な〈アメイジア経済圏〉をつくりあげているのだった。

建国から五十年以上経《た》ち、アメイジア内部には野菜工場や格納庫《ハンガー》などの各種施設が作られ、生まれた時から穴を出たことのない者が人口の九割以上に達していた。

中堅ドリフターであるエウディアは、下級市民区画にある自室で食事をとっていた。

かつてはどこにも属さず気ままな生活をしていたドリフターであったが、この時代、食料などの配給に不安のないアメイジアに専属する者も出てきた。

だがエウディアは配給を断り、地上のコミュニティのドリフターたちと交じって、地上民から買った肉や野菜を食べ、時にチームを組んで地上を探索している。

部屋を片づけていると、ドアがノックされた。

エウディアの部屋の室内管理ＡＩはとうの昔に壊れていて、ドアも自分で開けねばならない。下級市民区画ゆえにメンテナンスも自分でしないといけないのだが、放置しているのだ。

ため息をつきながらドアをあけた。

ドリフターに仕事を手配する政府機関の人間だ。このおなじみの男は中級市民で、上級市民資格を得るために日々働いているのだという。

市民資格は売買することもできるのだ。

エウディアは自分専用のクレイドルを購入するため――成人になって母に許可を得る必要もなくなってから――上級市民資格を売り飛ばしてしまった。

「――エウディア、稼いでるんだからドアくらい替えたらどうだ」

「考えておくよ。依頼？」

「上級市民からご指名だ」

自由を旨《むね》とするドリフターたちではあるが、その多くはアメイジアのためにＡＯ結晶を収集することで安定的な収入を得るようになっていた。

アメイジアの地下にある巨大ＡＯ結晶は、圧倒的なＡＯ波を常に放出しているのだが、それを利用した発電をアメイジア全体に安全かつ安定して分配するためには、サポート用のＡＯ炉を動かす必要があった。

それゆえアメイジアは建国当初からＡＯ結晶を高額で買い取っている。

エウディアはかつて地上を自由に行き交っていた真のドリフターに、母を超えるドリフターになるために、上級市民資格まで売って、数年のあいだに名を上げはしたのだけれど、ある時エンダーズとの戦いで自分以外の仲間を失い、ひとりだけで帰還することが二度もあって、とうとう負けを認めることにした。母に負けたのか、エンダーズに負けたのか、いずれにしろエウディアは何とか下級市民資格を買って、アメイジアに戻ったのだった。

「ご指名だって?」

手配人がエウディアの端末に依頼書を転送した。そこには驚くような報酬額が記されている。これまでも上級市民からの依頼はいくつも受けてきたが、桁が違う。その下には依頼の詳細についての欄があった。——そこは空白だった。

「どういうことだ」

「直接話したいと」

「めんどくさいな」

「断るか」

「そうは言ってない」

通常の依頼は登録されたドリフターならば誰でも閲覧できるサイトに送られ、基本的には早い者勝ちで受注することになる。

今回のようにエウディアを指名して、しかも政府の人間がわざわざ訪ねてくるということは、最優先案件と判断されたのか、あるいはクライアントがただの上級市民ではないということだ。

エウディアは少しだけ楽しみになってきた。

「また珍しいものなのか」

「だろうな」

数分後、エウディアは端末をかざして上級市民区画へのエレベーターに乗り込んだ。

上級市民区画は広く、母に出くわす確率はかなり低いけれど、当然行きたくはない。

エウディアは仲間の死を目の当たりにしてから、エンダーズとの戦闘になりやすいＡＯ結晶採取を避けて、地上の物資をアメイジアに持ち帰ることを主に請け負っていた。

それ自体は恥じることではないとエウディアは確信しているのだけれど、だからこそ、母に何かを言われたくなかった。

エウディアは——母とはちがって——クレイドルの操縦技術は人並み程度だった。人より優っているのは唯一親ゆずりの耳の良さによる危険の察知くらいだが、そのおかげで十五歳で初めてクレイドルに乗ってから二十六年、四十一歳まで無事に生き延びてきたのだった。

エウディア自身はアメイジア市民とはうまくやれない。それは相手がドリフターであっても同じだった。むしろなぜか地上民と話があう。それゆえ地上でもなかなか手に入らないものも分けてもらえるようになっていて、特別なきのこの生えている場所も教えてもらえることもあり、依頼成功率は他のドリフターたちに比べて圧倒的に高かった。

エレベーターは、さらに地下へとくだっていく。アメイジアの上級中級下級というのは市民の生活レベルの上下であって、物理的には逆の順番で下級市民がもっとも地上に近いところにおり、上級市民は都市の最下層にいる。これはもちろん、有事の際には上層の方がエンダーズや青い雨に接触する可能性が高いからにほかならない。

エレベーターが、上級の中でも最下部の重要人物たちの居住区フロアで止まった。

下級市民であるエウディアは、中級や上級のほかのフロアには立ち入れない。今回許可が出ているところだけ行ける。エレベーターのすぐ前に個室がならぶ下級市民区画とはちがい、目の前に広がったのは噂《うわさ》にきく広大な地下庭園だった。

そこには地上で見られない、人工培養による花々が咲き誇っており、エウディアは目をみはった。人工的な光源をひいて管理しているようだ。

依頼人はどこかと、花壇のあいだをぶらぶらしていると、後ろから声をかけられた。

「エウディア様ですね。お待ちしておりました」

「あなたが依頼主さん?」

「いえ、私はフロア・スタッフです。どうぞこちらへ」

庭園を抜け、またしても見慣れない広い通路の先に大きな扉が見えてきた。

エウディアが近づくと、音もなく開きはじめた。スタッフを見ると微笑《ほほえ》みを浮かべている。このまま行って良いということだ。

エウディアは肩をすくめながら歩をすすめた。いつも着ているつなぎが少し場違いな気もしたが、もう遅い。それに、一応これは一番きれいなつなぎだ。

そこから続く薄暗い通路をぬけると、円筒状の空間に出た。壁面がすべて水槽になっており、奥のほうにさらに扉が見える。水槽の中では魚のほか、なにやら半透明で光るやわらかい生き物などがゆらゆらと泳いでいた。アメイジア生まれアメイジア育ちのエウディアは、このような海も――ドリフターゆえに海自体は見たことがあるものの――生きている魚も見たことはなかった。

と、その扉が音もなく開き、見知らぬ人物が近づいてくる。エウディアよりも一回りは若そうだ。あちこちにフリルのついた白衣を着ていて、幼さが強調されていた。しかし同時に、年齢にそぐわない聡明《そうめい》さを感じる。

「こんにちは、エウディアさん。わたくしはアメ。今回はよろしくお願いいたしますわ」

「どうも」

エウディアは儀礼的な微笑みを返した。室内設備を見ても、すでに提示されている報酬条件からしても、この上級市民がさらに特別な存在だということは察しがついた。

そして、変わり者の上級市民がドリフターに地上のものを依頼するのは、よくあることだ。

エウディアは先回りして話をはじめた。

「何をご所望です？　アメさま」

「さま、だなんて。アメでいいですわ」

そうは言われても、エウディアは最低限の礼儀は変えるつもりはなかった。上級市民とトラブルを起こしたくないこともあるけれど、端的に言って面倒なのだ。

「依頼の内容については空欄でしたが……」

「ええ。エウディアさんに探してほしいのは、わたくしがまだ見たことがないものなの」

2　依頼

ふたりはさらに奥の部屋へうつった。

「ようこそですわ！」

「これは――壮観ですね」

エウディアの部屋の十倍以上の広さがあるだろうか、天井も高く、壁は四面ともが吹き抜けを介して二階まで本棚になっていた。そこに本がみっちりと並んでいる。二階部分にはぐるりと閲覧用の回廊がそなえつけられていて、あちこちに昇降用の階段やはしごがある。

アメイジアにおいて紙および本は――多くの物品と同じように、特に製造が困難ということもなく、ある程度は作られているが――特に情報伝達のためには〈新月の涙〉の前から完全に電子データに移行していて、今では儀礼的な証書や贈答品にしか利用されていなかった。だから旧文明の書物を求める上級市民は少なくなく、エウディアも地上から持ち帰ったことが何度かあった。

とはいえアメは本たちをそのようには使っていなかった。デスクに散らばった紙には様々な文字列や図形がこまかく書き込まれて――それはまわりに何枚も並ぶ大型モニターも同様だったけれど――まるでアメの思考が外側にこぼれだしているかのようだった。

「ここはなにかの研究所ですか？」

「そう。今日はわたくし一人だけど、いつもは十人くらいで数学を研究しておりますの。わたくしはアメイジアの数学師で、ここの所長をしています。おうちは隣ですわ」

アメはにこにこと微笑んでいる。

「では御依頼をうかがいます」

「探してもらいたいのは、旧文明時代の数学の論文。おそらく今と同様、電子メディアとして残っていると思うんだけど、紙の本もずいぶんあったと伝わっています」

「それは普通の文章が書かれたものとは違うんでしょうね？」

エウディアも少しはわかる。青い雨が降りはじめてすぐ、生き延びた人々が考えたことは、〈旧文明〉の知見を少しでも残すことだった。専門家も電子データも紙の本も、ほとんどが青い洪水に押し流されてしまい、旧文明が誇っていた高度な技術の大半は失われ、生存した第一世代による証言が伝わっているのみで、たとえば重力を自在に操れていたとか、宇宙に巨大な都市をつくったとか、もはや確かめようもないのだった。

エウディアは困惑したままつづける。

「前に旧文明時代の絵本の捜索を依頼されたことがあります」

「その依頼があったことは知ってますわ。――そのときのことをくわしく聞いても？」

アメは期待に目を輝かせているが、エウディアは肩をすくめた。

「アメイジア周辺の調査はやりつくされています。そのときは未調査の小さな町の廃墟に行きましたけど、収穫は得られませんでした。おかげで調査済み区域が広がったので、アメイジア地理院の担当者にはよろこんでもらいましたけどね」

エウディアは今回の依頼が、予算の無駄遣いになる可能性が高いと言いたかったのだ。アメはその意図をすぐに汲《く》み取ったらしい。

「今の首相は数学がすきみたいだし、今回も期待はされていると思いますわ。でも無駄遣いをしたいわけじゃないの。予算もだし、エウディアさんの貴重な時間も大切にしたいと思うから」

「私は一介のドリフターです。仕事内容とギャラがつりあっていれば依頼は受けます。――ロンブンを探す手がかりはあるんですか？」

アメは大きな笑みをうかべモニターに触れた。∇や∮、⊕など、エウディアが見たこともない文字ばかりがならぶ。

「こんなかんじの図式やグラフが入ったものを探してほしいのです。できれば矢印が多いものを」

モニターには様々な向きや長さの矢印が、↓→↑←と縦横無尽に連なっている。

「これは中身ですよね。探す手がかりとしては厳しいですね。ここみたいに本が集まった場所が、近くにまだ残っているかどうか」

「そこも安心して。あてはあるの。ここから二百キロメートル西に、まだほとんど調査されていない研究所がある。そこは高台で、青い雨の洪水による被害は受けていないと考えられます」

エウディアはアメがモニターに示した地図を見て、何度かうなずいた。

「西の一帯は、かつて〈テンペスト〉という特殊なエンダーズが現れた地域として有名で、ドリフターもなかなか行きたがらないんです」

「聞いてる。テンペスト……嵐ね。では無理ということ？」

エウディアは若干いらだちを覚えたが、アメに悪気がないことはわかっていた。

「いえ、私は問題ありません」

「よかった！　わたくし、あなただけにお願いしたかったから」

どういうことだろう。

「大勢の人と話すの苦手だから。——うけてくださいます？」

承諾すると、アメは素直に喜んだ。見ているほうが恥ずかしくなるくらいの満面の笑みで。

拍子抜けしたエウディアは、照れ隠しのように手続きにとりかかった。

端末をアメに差し出して、ふたりで同時に画面に触れた。生体認証で、契約がアメイジア政府サーバーに届けられる。

「スケジュールのご相談をしましょう」

アメが話しはじめたが、

「これからすぐ行くつもりですけど？」

実のところ依頼は他にもあったので、最優先でこなす必要があったのだ。だがエウディアはもちろんそんな野暮《やぼ》は言わなかった。

アメはよほどうれしかったとみえ、ぴょんと身を揺らした。

「じゃあ、ひとついい？　わたくし、地上を見たいの。この研究所からつなぐから、クレイドルのカメラを同期して」

お安い御用とばかりに、エウディアはうなずいて、

「じゃあ見晴らしのいいところに出たら、こちらからコールします」

「そうじゃないのエウディアさん。わたくしは常時接続《フルタイム》したいの」

物見遊山《ものみゆさん》気分で風景を楽しみたいだけだと思っていたが、過程すべてを追いたいらしい。ずいぶんマニアックな要望だ。

「別にいいですよ。アメイジア中に見せるんじゃなければ」

「そんなことはしませんわ！　それより、格納庫《ハンガー》までお見送りしても？」

かまわないけれど、そんな上級市民はこれまでいなかった。

ふたりは上級市民専用のエレベーターに乗って地上直下に向かった。

3　母たち

格納庫には数十機のクレイドルがずらっと奥まで並んでいた。ここは二十四時間、昼も夜も常に誰かしらがクレイドルの整備をしていてけたたましい。

整備を終えたばかりのぴかぴかのクレイドルが、重い足音を響かせてエウディアたちの前を横切っていく。装甲には色とりどりの〈リフレクト光学塗料〉が塗られている。

「すごい音！」

アメが負けじと大声を出す。

「来たことはないのですか？」

アメは興奮した様子でうなずく。

エウディアは自分がずっと使っている区画に向かう。アメイジア所属のドリフターとはいえ、下級市民に与えられているのは小ぶりのスペースだった。

二脚のクレイドルは両腕部《マニピュレーター》をだらりと下げて、静かに立ち尽くしている。トレジャーハンターとしての収入のおかげでエウディア機には特注のパーツが使われていて、まわりの機体よりも美しくかつ高性能なのだった。

エウディアは出発前の点検をはじめた。二脚先端の高速走行機構を確認して、コクピットを中心に外装を見て回り、リフレクト光学塗料が薄くなったところにスプレーをかける。

アメはそれをいかにも楽しそうに眺めている。

するとそこに、四十代とおぼしい女性ふたり連れがやって来た。

黒髪のおっとりしたほうの人物が、コクピットハッチの上にいるエウディアに声をかける。

「元気にしてた？」

エウディアはすぐにはわからなかった。

「もう。小さい頃よくうちに遊びに来てたでしょ」

「……アサさん⁉」

記憶がよみがえる。建築模型をおもちゃだと思っていじくり回していたのに、怒られもせず自由にさせてもらった。そのアサがアメイジア屈指の建築師であることを知ったときは驚いたものだ。かなり長い間会っていなかったのに、ふるまってもらった手づくりごはんの味まで思い出された。

そしてそのうしろには――

あたたかくなった気持ちが、急速にさめていく。エウディアは年甲斐《としがい》もなくぶっきらぼうな態度で短く言う。

「ああ、母さん」

「たまにはうちに顔を出しなさいと言ってるでしょ」

「こっちは下級市民だからね、手続きが面倒なんだよ」

「だからあなたの市民カテゴリーを戻してもらえるように、私から頼んでみるって言ってるのに」

「私は地上に近いところに住みたいの！」

母エオーナは華々しい実績のおかげで上層部に顔がきく。だからといって親の七光りに頼るのはごめんだ。こんな喧嘩《けんか》はもう何度も繰り返している。だが、クライアントの前で見せるようなものではない。

「アメさん、申し訳ない。このふたりは知り合いで……」

エウディアはとりつくろうが、アメが愉快そうに笑いをこらえているのを見て眉をよせる。と、アサも同じように笑いをこらえていて、その仕草がそっくりなことに気づいた。

「アサにアメで、建築師と数学師ってもしかして——」

「アメはわたしの娘」

アサが答え合わせをしてくれる。娘のアメは申し訳なさそうに、

「ごめん。お母さんからエウディアさんのことは聞いていて、いつか会ってみたかったの。それにこの依頼は本当に大切なものだから、あなたにお願いしたくて……」

エウディアは露骨にため息をついてみせる。ついでに、それを面白そうに見ている母をにらみつけてから気をとり直した。

「大丈夫です。私こそみっともないところをお見せして申し訳ありません」

エウディアはコクピットの点検を終えて、一度機体からおりた。

「アサさん、こどももいたんだね」

「わたし、産むの遅かったから。おかげで、あなたとアメの歳がけっこう離れちゃった。そうか、わたしたちももう二十年近くも会わなかったんだね」

近くから電動ヤスリのけたたましい音がひびいてくる。エウディアは苦笑いをした。

「こんな騒がしいところじゃ落ち着いて思い出話ができませんね。それはそうと、今日はどうしてここへ？」

アサは真剣な眼差《まなざ》しで語りだす。

「西に行くと聞いたから。どうしても伝えなければならないことがあるの」

「どうしてそれを」

「あなたへのアメの依頼について教えてくれた人がいたんだよ。〈群青領域《ぐんじょう》〉周辺に行く人がいたら教えてもらえるように、頼んでおいたんだ」

どうも話が見えてこない。エウディアは質問を重ねようとしたが、母が横槍《よこやり》をいれた。

「エウディア、あそこが危険なところだってあなたも知ってるでしょ」

「止めにきたってわけ？　いい加減にしてよ、クライアントの前で」

「そうじゃない。私たちはあそこでとても特殊なエンダーズに出会ったの。あれから三十七年間、誰も見てないけれど、そいつはきっと近くにいる」

母はいつになく深刻な口調で、エウディアは耳をかたむけることにした。

「……それで？」

アサが説明をひきとった。

「エウディア、あなたは一度そのエンダーズに取り込まれてしまったの」

初めて聞かされる話だ。エウディアは言葉を探した。

「冗談でしょう。それならなぜ今生きてるのか……」

「エオーナが、あなたのお母さんが必死で取り返したから。竜巻の中をクレイドルで追いかけて、なんとかあのエンダーズのコアに傷をつけたんだよ」

エオーナがすぐに言い添える。

「アサが一緒にいてくれたから」

「わたしは落ちてくるエウディアを受け止めただけ」

母が自分のためにそんな危険を冒していたなんて。それなのに自分は母のためになにかをしたことがあっただろうか。しかし昔話を聞いたからといって、即座に態度を変えられるほど器用ではない。

「私もう行かないと」

「言ったって聞かないから止めないけど、紫色のエンダーズに出会ったら絶対に逃げて」

エオーナは叱るような口調で警告した。

黙っているエウディアの姿に、アメははらはらしているようだった。

「ではアメさん、出発します。あとで通信をつなぎますので」

エウディアは無表情にそう告げ、コクピットシートに乗り込む。

エオーナが口を出した。

「気をつけて。あなたは私の子なんだから。紫の霧に気をつけて――」

エウディアは、母の表情を見ることなくハッチを閉めた。

4 旅立ち

エウディア機は専用エレベーターでアメイジア内を高速で上昇していく。地上の天蓋《てんがい》外縁部に到着して、エレベーターの扉が開くと、アメの端末に呼びかけた。

「出ました」

外はまだ雨も降っておらず暗い。

——速いね！　まだお母さんたちもここにいるのに。

「ドリフターは速さが身上ですから。さあ、はやく研究所に戻ってください」

エオーナが西へ走行をはじめて数分後、研究所との回線がつながった。

アメの顔がコクピットモニターに映る。背景には紙の本の山がいくつもそびえ立っている。

——もどりましたわ！

明るくアメは言った。さっきのことを話題にしないつもりだ。

その大人びた判断にエウディアはひそかに感謝した。

「映像、見えてます？」

——見えましたわ！　これは夜ということ？

「外の映像を見たことないんですか？」

——ええ、地上があることを忘れてたから。数学のしすぎですわね。

そう言って、アメは笑った。

アメなりの冗談なのだろうか。愛想笑いを返すのは嫌いなので、さっさと話題を移した。

「夜のほうがエンダーズが出にくいんです。昼間の景色のほうがきれいですが」

アメイジア周辺は平地だったが、すぐに整備されていない高原地帯に入った。

空は高く、星がちらつく。月明かりで遠くの岩肌が点々と光り、アメを喜ばせた。

しばらくはどちらも無言だったが、エウディアが口をひらいた。

「目当ての論文にはどういうことが書かれているんです？」

——分野としては〈圏論《けんろん》〉と呼ばれてる。過去の数学理論のほとんどは現在分析中なのだけれど、わかっている分野のあちこちに、この圏論という言葉が出てくるの。

「圏論」

——数学の基礎言語のような領域だと考えられているんだけど、残念ながらデータがほとんど見つかっていないのよ。名前だけが知られている分野はたくさんあるけど、それでもこの圏論は、旧時代の数学を理解して、わたくしたちの新しい数学を作るためには必須のように思えてならないの。

饒舌《じょうぜつ》に語るアメに、エウディアは呆《あき》れてしまう。

さらにもう一時間走り、エウディア機は〈群青領域〉に侵入していた。青い根のような構造体が縦横無尽に広がっている。目指す研究所はここを抜けたさらに先にある。この、群青領域こそがさっき母とアサが言っていた場所だ。

エウディアは胸のわだかまりをふりはらうように操縦に集中した。

わたしは昔エンダーズに取り込まれた――それにはなにか因果があるのではないか、と思わずにはいられなかった。

「夜が明けるまえにはやく研究所の中に入りたいですね」

――わたくし、エンダーズのことはよくわからないのだけれど、昼と夜でそんなに出方がちがうものなの？

「夜明けの瞬間から肌感覚で違いはわかりますよ。ＡＯ結晶に近づけば近づくほどやつらは湧いて出ますから、ドリフターたちは基本的に夜間にＡＯ結晶を集めることになります」

――さっき話していた特殊エンダーズはそうではないということ？

「特殊エンダーズと呼ばれるものにはそれぞれ個性があるようで、正直なところノンルールですが……」

言いおえるより先にエウディアは、操縦桿を倒して急に方向転換した。親ゆずりの耳の良さで、なにかが噴射するような奇妙な物音を察知したのだ。

――なに⁉

「エンダーズです！　画面見てたら酔いますよ」

――かまいません！　それよりどうするの？　戦うの？

エウディアのサブモニターには、接近する三体の光点が表示されている。

「逃げます！」

エウディアは、一心不乱に目的地を目指した。

5　山の上の研究所

群青領域の森を抜け、道もない山岳地帯をエウディア機は進む。

あたりはまだ夜闇に包まれている。木々は生《お》い茂っていて、ライトに照らされた視界は狭い。

「画面見てます？　酔わないんですか？」

——ええ。だってこんなに貴重な景色なんですもの。

ライトではせいぜい数十メートル先しか見えないのだが、それでも地上に出たことのないアメにとっては楽しいのかもしれない。

「たいていの依頼人は移動するだけで酔っちゃうんですけど」

——じつは、さっきからわたくし振動を除去する映像処理をしてて。

エウディアもモニターまわりにはくわしいつもりだが、そのような処理は聞いたことがない。

——いま、ちょっと作ってみたの。

「いま？」

——そう、カメラの位置情報とあなたの機体の姿勢情報が映像にくっついてきてるから、それをがっちゃんこするだけでしたわ。

「あなたの研究所の人はみんなできるのですか？」

――十人のうちまあ……わたくしと、あとひとりふたりってとこかしら。でも旧文明の補正技術を応用しただけだから、そんなに驚くほどではありません。

エウディアは驚きのあまり生返事をするしかなかった。

山岳地帯を登りきると、月明かりで遠方の山々まで見わたすことができた。

――うっわあ。

「もうしばらく眺めていたいところですが、もう三十分で夜明けなので研究所を探します」

アメはすでに過去の地図データを調査していたようで、世界崩壊前の研究所の所在地は正確にわかっている。しかしこの八十八年でその地名の存在意義はうしなわれ、山の頂上や湖など自然物との相対的な距離から位置を絞り込むしかない。

――昔は人工衛星というものを使って宇宙から位置を正確に把握していたんですって。

「その圏論が復活すれば、そういうのもなんとかなるのですか？」

――もちろん、と言いたいところだけど、数学にそんな即効性はないわ。実際のところは、技術はいろいろな知見が組み合わさってるから、圏論だけ理解できたとしても……。わたくしの手はそこまで長くないわ。

空の端が白みはじめた時、研究所が見えてきた。ただの無機質な箱ではなく、装飾タイルなども残した、資料映像でしか知らない文化施設のような建物だった。

「入りますよ」

——やりましたわ。

「と、その前に。なかなか見られませんから」

エウディアは機体をひるがえし、アメイジアをふくむ外界の風景をカメラに映しだす。

そのとき朝日がのぼった。直径二キロにおよぶアメイジアの天蓋が確認できる。

アメが感嘆の声をあげる。

ちょっとしたサービスのつもりだったが、エウディア自身もこんな光景を見るのは初めてだった。朝日に照らし出された天蓋の姿に魅了されてしまう。

あれを作ったのは、まぎれもなく自分とアメの母親たち——エオーナとアサ——なのだった。

天蓋のまわりは主にドリフター用の道路がめぐっていて、大きなものはここからでも確認できる。更に遠方にはきらきらと輝く青い海も見ることができる。

「これが地上の朝焼けです」

——うらやましいわ。


研究所には広いエントランスがあり、建物内も天井がかなり高く、クレイドルに乗ったまま入ることができた。

「〈AO反応〉はないですね。動体反応もありません」

AO結晶がなければエンダーズが来ることは稀《まれ》だ。

――それはよかった。

「雨も降り込んでなくてよかった。本も電子端末も、水に弱いですからね」

モザイク病が発症するのは人体だけだが、紙は金属やコンクリート同様、ブルーシストによって破壊される。

建物内が荒らされた形跡はなかった。もとのままの姿かもしれない。

――違います！　その〝よかった〟じゃなくて。エンダーズが来るようなことがあったらエウディアさんがあぶないですわ。

「ああ、それはどうも」

エウディアはデータの心配をしただけだったが、アメはエウディアのことを心配したのだと主張したいのだ。アメの素直な気遣いに、エウディアはひそかに笑ってしまう。ドリフターに対する――多くのアメイジア上級市民の――態度ではなかったからだ。

個人の研究ブースが並んでいるのだろうか、こまごまと仕切られた区画に出くわし、ついにクレイドルのままでは進めなくなってしまった。

――ここから先は降りるしかなさそうですね。

「無理やり入ったら、設備やデータも壊してしまうかも」

エウディアは普段使いの大きいバックパックをふたつ持って、クレイドルから降りた。胸に小型カメラを下げて探索にとりかかる。長い廊下の両側に小さな扉が立ち並んでいて、時折講義室のような広々としたスペースもあった。

「見えますか?」

――大丈夫。

「階段と案内図を見つけました。最上階が資料室と書いてあるので、行ってみましょう」

二階をあがると、モニターと端末機械が一体型の端末がずらりと並んだ部屋に出た。さらにその奥にも広い部屋があるようだ。中央部には広い階段がわずかに見え、下の階と行き来できるようだった。

「どっちに行きましょう」

――断然、奥ですわ!!

「こっちの部屋だけでも……。すごいお宝ですね。旧文明のパーツは、技術者相手に高値で取引できる」

――寄り道してもいいんですの?

「いえ、今は余計なものは回収しません。また後日、仲間と来ます」

この時代、半導体工場はすでに旧文明の工場を復旧する形で再開していたが――今エウディアたちが使っている通信機器にも、そうして作られた部品が使われている――かつて一般的だった半導体にもいまだ性能が到達できていない。それゆえ収集できた旧文明のパーツはドリフターにとって重要な収入源であり、実際クレイドルなどの建造とメンテナンスにおいても非常に重要なのだった。

画面がまっくらなままの端末群を越えて奥のほうへ抜けると、紙媒体の資料をおさめた広大な資料室になっていた。その全フロアは本棚で埋め尽くされており、ここだけで——。

——ここだけで、十二万四千冊はありそうですわ。

ぐるりと周囲を映すと、アメは目視で概算したようだ。

棚に近づいてみると、並んでいる本は、表面にホコリが堆積していたり、こぼれ落ちている箇所もあるが、ほとんどが整然としてきれいな状態で保存されている。

エウディアは手近な一冊を床から拾いあげた。それは写真集のようで、エウディアが見たこともない花や鳥が写っている。

——それは図鑑。世界崩壊前の世界各地の動植物が収まっているのよ。過去の文献で似たものを見たことがある。

「では目的のものは、ここにはないんでしょうね」

——本のどこかに、シールが貼られてない？

「これでしょうか」

エウディアは本の背に貼られたシールをカメラに映す。

——大当たりだわ。旧文明の図書分類方法よ。

シールには〇三一などと書いてあった。まわりの本には〇三四や〇三六とある。

——数学の本には五一〇から五一九までの番号がふられているはずですから、それを目印に探してみて？

「了解《コピー》した」

6　書庫

　数学の棚は、広い階段をおりた先、一階のフロアにまとめられていた。

　紙の本にはこんなに分厚いものもあるのか、とエウディアは驚きながら棚の間をめぐった。これまで読んだ中でもっとも長いものといえばクレイドルのマニュアルだが、データでだったので正直どのくらいのかさがあるものなのか知らなかったのだ。

　──持って帰るにも重量制限があるわよね。

「とりあえずバックパックに詰め込めるだけ詰めましょう。何回かに分けて来てもかまいませんが」

　──そのときはわたくしも同行したいわ。

「もちろん。お連れすることは可能です。ただ、エンダーズが出現しないという保証はありませんから、来ないですむならそれにこしたことはありませんが」

　エウディアは数秒だけ考えて、

「いや、カメラのまえでぱらぱらとめくるだけでいいかも」

　──あ！　なるほど。それで一枚ずつ撮影したことになるわ！　映像データから本のかたちにすればいいんだ。エウディア、すごい！

「やめてください。ただの生活の知恵みたいなものですから」

――数学は知恵の蓄積なのよ。いえ、すべての学問が、生活の知恵を研ぎ澄ませたものと言えるかも。わたくしはなかなかそういうのが思いつかなくて。

アメはしんみりとしてしまった。

エウディアは何か言おうかとも思ったが、それこそエウディアのほうもそういう気の利いた言葉はいつも思いつかないのだった。必要なタイミングでうまく言葉を紡げていたら、母とも仲間とも、もう少しうまくやれているのだろうか。

エウディアがだまりこんだので、アメがうながす。

――ではお近くの本をめくって？　映像データはこちらで書籍のかたちに加工しながら、必要な数式や言葉が書いているかどうか解析しましょう。

本の中にはさっき見せてもらった∇や∫などの記号が見える。

「これってさっき見たような……。分類法の番号はわかりますか？」

――これは解析学ね。圏論はおそらく代数学の一種なので、この二つ前、五一二のコーナーを探して。

五一七のコーナーだけで、何万冊あるのだろうか。圧倒されつつ指示された棚にたどり着いたとき、通信機からアサのため息が聞こえてきた。

「どうします？　上のいちばん端から順に撮影していきますか？」

――むかしは図書館にあるものを勝手に撮影するなんて許されなかったみたいだけれど。でも理論を再活用できれば、きっと先人たちも許してくれるわ。

アメの声は少し悲しそうだった。

ほとんどの本の背にはCategory theoryという文字列が散見されるが、何をいっているのかはさっぱりだ。本の背をカメラで映しながら、アメに確認してもらう。

——迷うなあ。あまり長いタイトルは隣接分野と関係のある応用理論が多いと思うから……まずは短いタイトルのものをお願い。

了解したものの、単にCategoryと書いてあるだけの本でも千冊以上はあるだろうか、見渡す限りそんなものばかりで、途中からはタイトルもろくに確認せず次々と撮影していく。

エウディアが乱雑に本を投げ捨てると、アメが怒る。

——だめ！　そんなことをしては。

「ああ、また来るからですか？」

——そうじゃなくて。本は大切にして。また千年後、誰かがそこに来るかもしれないし。遠い遠いあなたの祖先がみつけた数学上の発見を、二千年以上の時を超えてわたくしたちが駆使して……それによってわたくしたちの知は支えられているのよ。あなたの乗るクレイドルだって……。

十二歳の子に説教され、エウディアははじめむっとしたが、次第に楽しくなってきてうんうんとうなずきはじめた。

「御高説たまわりました」

エウディアはわざとらしく言ってみたのだが、通信の向こうがわのアメがぐっと言葉に詰まっているのがわかった。それがことさら可笑《おか》しい。

アサのこどもであることとは関係なく、エウディアはこの子――アメ――のことを気に入りはじめているのだった。

7 遭遇

エウディアは一冊につき三秒で撮影を終え、一分で二十冊、一時間で千二百冊あまりを記録することができた。

ドリフターだとはいえ、エウディアも、さすがにこれほど大量の本を敵に回したことはなかった。手がしびれてくるが、クライアントの手前泣き言は言えない。

気がつくと、しばらくアメからの応答がない。

「他のところにも行ってみましょうか？　アメさん？」

――あ、ごめんなさい。できあがった本をちょっと読んでましたわ。これ、ほんとにすごい。わたくしが全然知らなかった知識……。

そのとき、背後からかすかに空気がこすれるような音がした。反射的に身体を低くして、そのまま近くの本棚のかげに身をひそめる。

エウディアは小声で告げる。

「多分エンダーズです」

エンダーズに聴覚があるのかどうかわかっていないが、ともかく気配を悟られないようにしながらじりじりと離れていく。エンダーズの大きさはまちまちだし、本棚だらけのせまい空間に入ってこられるようなものがいても不思議ではない。

移動しながら手にしたバックパックに、落ちている本をできるかぎり拾いあげていく。

「ただ逃げるのは、芸がないですからね」

——そんな、もう十分だから。とにかく逃げて！

アメは泣き声だった。

「わかりました、わかりました」

エウディアは本棚の隙間から様子をうかがった。

紫色の影がゆれて見える。

「まさかあれが母さんが言ってた……」

——特殊エンダーズ……。

「〈テンペスト〉か……‼」

紫色の霧が集まっている。エンダーズになりかけているのだ。

8　対話

まさか親の心配が的中しようとは。

エンダーズ……しかも特殊エンダーズが相手とあっては、すぐにでも離れなければならない。

紫色の霧の中央には赤紫色の輝きが見えてきた。エンダーズコアが生まれようとしているのだろうか。

生身のエウディアには、とても勝算はない。気づかれる危険をおかして資料室の入り口へむけて駆け出した。そしてそのまま階段を駆け下りる。

――いそいで、いそいで！

アメが急《せ》かしても無意味なのだが、励まされはする。

エウディアは一階までたどり着くとクレイドルに飛び込んだ。起動して、機体の向きを変える。

――エウディア！　そっちじゃないわ！　何をしようとしているの？

「気になる部屋が見えたから。行きがけの駄賃てやつです」

――はやく帰ってきてほしいですわ！

「せっかく来たんだし、今持って帰れるものは持って帰りますよ」

そう言うと、エウディアは壁にむかってライフルを連射して、クレイドルが通れるだけの穴をあけた。

ライトを当てると、部屋の中には四角い筐体《きょうたい》がいくつも並んでいる。

――データ……、サーバー……!?

「そういうことです。時間がないので、手前のものをとって逃げます」

――逃げてってクライアントが言ってるのよ！　どうしてそんな命をかけるような……。

「多分私あなたのこと気に入ったので」

エウディア機は、サーバーのラックからデータが入った媒体部分を順々に抜いていく。同じような装置はアメイジアでもとっくに再現されている。

「これ、そこだったら読めますか？」

――読める！　読めるけど！　もういいから！

「だったらあと少し！」

エウディアはクレイドルの右腕部先端で器用に媒体を抜いて、左腕部に乗せていく。

これ以上は無理、というところで、両手で媒体を大切に包むと、そのまま後ろ向きに入り口を出た。

研究所の建物を離れたところで、巨大な爆発音がして研究所が崩れ落ちた。

その粉煙の中から、紫色のエンダーズが姿を現した。

エンダーズが瓦礫の上でコアを中心に旋回する。空間にできた傷のようだった。

「おまえがテンペストなのか？」

――何してるの、逃げて！

エウディアはかまわずコクピットハッチを開けて立ちあがった。かつて自分を取り込んだと
いう、そしてこれから自分を殺すかもしれない相手を、じかに目に焼き付けておきたかったの
だ。

モニターごしの、安全な場所にいるアメのほうが先に理性を失ってしまいそうだ。

しかしエウディアは紫色のエンダーズをじっと見つめる。

四歳のときのおぼろげな記憶――。

ずっと忘れていた。あのとき自分はあそこにもう少しで呑み込まれようとしていた。アサと
母に助けられなかったら、自分はエンダーズの――嵐《テンペスト》の――一部になっていたのだろうか。

奇妙なことに、この瞬間、エウディアにはテンペストがひどく親しい存在に思えた。

テンペストの紫色がゆっくりと濃くなっていく。

「おまえたちはなぜ生まれた？」

もちろんテンペストは答えない。

鳴き声を発するエンダーズが報告されたこともあるというが、真偽ははっきりとしない。

エンダーズの知性については出現した当初から諸説あり、犬型は犬ほどの、鳥型は鳥ほどの
知性を持つという、まことしやかな説もあるものの、これまた判然とはしない。

捕獲できれば研究も進むのだろうが、現時点まではエンダーズを倒すのが精一杯だった。

「母さんならおまえを捕らえることもできたのか?」

エウディアはテンペストに手をのばす。

――だめですわ！　エウディア！

その声で、エウディアは現実に引き戻された。

すぐ目の前に紫の鋭く長い刃《やいば》が無数に迫っていた。

エウディアはあわててハッチを閉じ、そのまま急速後退していく。

いくつもの紫の刃がクレイドルの機体を斬りつけようとするが、エウディアはなんとかそれをかわして山岳地帯の頂上をのぼりきると、大胆に跳んで斜面を滑走した。

「はは！　今のはぎりぎりでした！」

――もう十分！　早く逃げて……逃げ切って！

アメは泣き出してしまっている。

「そう言われると、ますます逃げたくなくなる」

――どうして！　ばかあ！

「冗談です。もう大丈夫。論文は入手できたんだから、今度はあなたの番。数学をしてください」

――言われなくてもそうしますわ！

「怒ってます?」

――いいえ。……ええ、怒ってるわ、わたくし。

「ごめんなさい。もう帰ります」

——待ってる。

第六章　OI《オルガノイド・インテリジェンス》　アメ／2200年

1 （非）即効性

エウディアが入手した膨大な〈圏論〉の論文は、その日のうちにアメが全文をアメイジアの情報ネットワークに置いて、市民階級の区別なく、誰でも閲覧できるようにしてしまった。

それから十三年後——アメの研究室でエウディアがぼやく。

「せっかくアメさんのために持ってきたのに、みんなに見せるなんて。私、まだ納得してませんから」

アメはくすくす笑う。

「せっかくエウディアが持ってきてくれたのに、わたくしだけが見るなんて、もったいない」

「どういう意味です？」

「素敵なものはみんなに見せてあげないと。それに、数学は共有しても目減りしないわ。むしろ増えるのです」

「そんなものですか」

「そんなものですわ」

今日はアメの数学研究所の休日で、ふたりは毎週恒例の昼食会を開いていた。スタッフは誰もおらず、ふたりきりだ。3Dプリントされた培養肉のテリーヌや、根菜ペースト等が詰まったランチボックスを広げて食事をはじめた。

アメが十二歳のときに、ひとりで立ちあげた数学研究所は、今では研究者と技術スタッフあわせて百人ほどもの規模になっていた。

「十三年でここまでくるなんて、素晴らしいと思いますよ」

「まだまだですわ。五年前にやっと、あなたが持ち帰ってくれた〈圏論〉の全テキスト解読が終わって、新しい数学の成果が出はじめたのは最近のことですもの。それだって過去の数学者たちがすでに発見していたものかもしれない」

「私はドリフターのことしかわかりませんが、ドリフターで言えば、新米も十三年たてばそれなりになります」

「わたくしもそれなりになっていると良いのですけれど」

回収した書物のなかでは、古代ギリシャから〈新月の涙〉直前までの数学者たちのエピソードも紹介されていて、それはアメにとって深い慰めとなった。

たとえばかつて人類が百億人いたとき、数学者は百万人いたという。一万人に一人だ。

今のアメイジアの総人口はおよそ六十万人、それに対して数学者は六十人ほど。まがりなりにも同じ人口比の数学スタッフをアメイジアが擁《よう》するまでになったことを、アメは少しだけ誇らしく思っていた。

そのとき、入り口の水槽のあるほうから物音がした。

エウディアは、回収作業のあと親たちから散々《さんざん》聞かされた誘拐事件のことを思い出した。

「侵入者かもしれません」

物音を聞いたのは耳の良いエウディアだけで、アメはなにもわからないまま手をひかれ、物陰に隠れるようにうながされた。

「いえ、そうではないわ。解錠権限を持っているようね」

壁面モニターのひとつに通路の映像が流れる。

カメラに気づいたらしく、先頭の人物がこちらにむかって手をふっている。

「あれは……エルネストじゃないですか?」

「誰?」

「ちょっとは自分の都市《アメイジア》に興味を持って、政治のことも知っておいてください! セレステ首相の孫ですよ。まだ二十歳ぐらいですが、政務官をしています」

「あら。そんな人がどうしたのかしら」

玄関口で出迎えると、政府関係者用の制服を着たエルネストは、護衛のスタッフを三人ひきつれていた。

「おや、エウディアさんもご一緒でしたか」

挨拶もそこそこに、エルネストは尊大そうに言った。

エウディアがアメをかばうように一歩前に出る。

「政務官。なにか御用ですか。お上品な護衛官もつれだって……」

エルネストが露骨にさわやかな笑みをうかべ、エウディアをなだめた。

「なにも我々は喧嘩《けんか》をしに来たのではありません。それに、エウディアさんのドリフターとしての才覚はお母さまのエオーナさんには遠く及ばないと聞いております。格闘術も似たようなものでしょう?」

「エウディアになんてことを! 勝手に入ってきて、わたくしの研究所で好き勝手は許しませんよ!」

アメは声高に叫ぶ。

「政府の決定をお伝えします。数学研究所は本日をもって廃止となります。私物まで含めてすべて政府管轄下に置かれますので、すみやかに退去してください。そちらのドリフターの方はそもそも所員でも上級市民でもないようですが、まあここでは不問としましょう」

あまりに一方的な決定に、そしてあまりに慇懃《いんぎん》無礼《ぶれい》なその態度に、ふたりとも身をふるわせた。

「理由をご説明くださるんでしょうね」

アメは怒鳴りたい気持ちをおさえつけながら、毅然《きぜん》としてふるまった。

そのとき所内のすべてのモニターに執行令状が表示され、エルネストは冷淡に続けた。

「アメイジア政府は定期的に各研究開発機関の査定を行っております。必ずしも短期的な成果を要求するものではありませんが、〈政府ＡＩ〉の算定によれば、この研究所は中長期的に見てもアメイジア市民にとってなんら資することがないことが明らかになりました」

「毎年論文集を出しています！」

「アメさんもご存じのとおり、今や数学もＡＩが自動研究していますので、ここをＡＩ基礎研究所とすることは可能です。それも、数年後には無用となりそうですが。不服申立て期間は一週間。何かあれば直接ご連絡ください」

「これ、首相がお認めに？」

「もちろん」

「じゃあ、今から直接言いに行きますわ！　エウディアも一緒に！」

「今からですって？　それに、その方は部外者です」

エルネストが眉をひそめる。

「何を仰《おつしや》っているんです。エウディアはここの資料のほとんどを見つけてくれて、アメイジアの圏論研究を大いに進化させてくれた、わたくしの大切なパートナーです」

2　セレステ

アメの母親は建国の立役者であるアサであり、さらにそのアサは有名なドリフターだったエオーナと今も懇意にしている。

エルネストが自分の要求を無視できないことはわかっていた。厳密には超法規的措置ではあったが面談は認められ、エルネストの祖母、セレステ首相と直接話す機会を得ることができた。首相官邸直通エレベーターの中で、エルネストがうたがうような目つきでアメを見る。数学ばかりやっているおとなしい研究者だと思っていたのだろう。

エレベーターが音もなくとまる。

エルネストは首相執務室のガードマンたちに声をかけた。

執務室の広い天井と壁は一面がモニターとなっていて、どこまでも広がる青空が映し出されていた。地球のもっとも深いところにある空だ。

セレステは真っ白なスーツに身をつつみ、白い流線型のデスクで執務の最中であった。そばの書記官が声をかけると、タブレットを置いてふたりを歓迎した。

アメは緊張をさとられまいとして、堂々と切り出す。

「わたくしがここに来たのは、研究所閉鎖は間違っていることを証明するためですわ。そもそもどのような論理でそのような結論に至ったのかしら」

「それは政務官がお伝えしたはずだが？」

首相の隣に立つエルネストは無言のままうなずく。

「あのような平凡な詭弁《きべん》はうんざりですわ。わたくしたちはＡＩになれません。わたくしたちはこの肉の身体と肉の脳みそを使って考えていくほかないのです。セレステ首相、エルネスト政務官――おふたりは考えることを人任せにしたいのですか？　あなたたちはまるでＡＩになりたいみたいですわ」

アメの言葉に、エルネストはあからさまに不快な表情をうかべた。

「では巨大AO結晶の制御も、各種工場の最適運用も、人間が手《て》計算するべきだと?」

「わたくしは人間であることと知性を拡張することは、両立すると考えます」

それを聞いたふたりの表情は対照的だった。エルネストは憮然《ぶぜん》とし、セレステは笑いだした。

「主張は興味深いが、私としても政務官たちの判断を無下にするわけにはいかぬ。しかしせっかくだから、胸襟《きょうきん》をひらいて話そう。エルネストが語った数学研究所の廃止理由は半分だけなのだ」

エウディアは怪訝《けげん》な顔になる。

「それについては伝説のドリフター、エオーナの娘であるあなたのほうが詳しいかもしれぬ」

「数学とドリフター稼業の関係がわかりません。クレイドルの基礎理論か何かですか」

「当たらずといえども遠からずだな。ここ数年、我らアメイジアと周辺の地上民のあいだで小競り合いがひんぱんに起きていることはアメ所長もご存じでしょうな」

「初めて聞きましたわ」

あまりに堂々と答えるアメに、エウディアが目配せした。

「地上のことなのでアメさんに伝えてなかったです」

セレステはふたりのやりとりを無視して、

「残念ながら今の我々にとっては、軍用クレイドルの強化といった即効性のあるとりくみが急務なのだ。歴代首相からも数学研究所の重要性は聞いていたが、現状ではこれが最も合理的な判断だと私は考える。どうか、その優れた頭脳でクレイドル制御のＡＩを開発してもらいたい」

「わたくしもアメイジア市民として、ただ自らの趣味のための研究をしているわけではありませんわ。もう少しお時間をいただければ、わたくしが今まで積み上げてきた数学理論の中から、アメイジアと地上民のみなさんをより良い方向に導く新たな理論をつくりだせるはずです」

エルネストがいささか強い調子で割り込んだ。

「理論など待っている余裕はありません。地上民の一部が、あなたがたおふたりの母上がつくった天蓋《てんがい》を破壊する計画を進めている。その情報を入手しています」

アメは言葉を失った。過去の、あるいは未来の数学者には解決可能かもしれないけれど、今の自分に、近日中のテロを防ぐような数学を導き出す自信はない。

エルネストは険しい表情を見せながらも、アメを言い負かして勝ち誇っているようだった。

エウディアがたまらず口をひらく。

「その天蓋を壊すという話は、昔からある地上民の冗談のようなものなのです。アメイジアへの反発心から出たもので、本気でそう考えている地上民に会ったことはありません」

エルネストは肩をすくめる。

「アメイジアの守護者の娘が反アメイジアとは。では先日、地上民とアメイジア軍のあいだで起こった銃撃戦も冗談か何かだと？」

エウディアは舌打ちしたいのをがまんしているようだった。しかし断然と、

「地上民のあいだに反アメイジア的な感情が強まっていることは確かです。あと、言っておき

ますが、私はアメイジアがだいすきです。アメがいますし」

その言葉に、アメは思わず赤面してしまう。

エウディアは話をつづける。

「首相、私に少しだけ時間をください。アメイジアと地上のコミュニティが和解できる手がかりを見つけてみせます。そして、成功の暁《あかつき》には、アメの研究所の永続をお願いします」

エルネストが鋭く反発した。

「ばかな！　アメイジアと地上民の対立はもやは不可避だ‼」

「私は伝説的なドリフター、エオーナの娘であると同時に、トレジャーハンターとして地上民と長く交流しながら、数多くの貴重な物品を入手してきました。今回もきっと、今は見えていない可能性を探し出します！」

セレステ首相はくっくっくと笑い出した。隣ではエルネストが不安そうに、母首相の判断を待っているが、セレステ本人はまったく意に介していない。

「おもしろい。いいだろう、今日より三十日以内に私を納得させられるほどの成果があれば、数学研究所の廃止は延期もしくは撤回してもよい。――政務官、研究所廃止の件は一時停止とする」

「おばあさま！　い、いえ、首相。それでは部下が納得しません」

「それをさせるのが政務官の役割だろう」

「……ご指示のままに」

エルネストは不満の色をうかべつつも、ひきさがった。

ふたりきりのエレベーターの中で、アメがつぶやいた。

「エウディア、わたくしにできることは？」

「ありません。ドリフターのことは私にまかせて、あなたは数学をやってください。アメイジアも地上も救うような数学理論、期待していますから」

3　連帯

エウディアはエレベーターの乗り口でアメと別れると、数分後にはクレイドルに乗って地上を疾走していた。

アメが息を切らして数学研究所から映像回線をつないだ。

——いつもながら速いわね！　他のみなさんもあなたくらい速いのかしら。

「どうでしょう。ドリフターにも色々いますから。傭兵みたいなことをしている連中はもっと速く行動するかもしれません」

——傭兵……。地上のみなさんと戦っているという話でしたわね。どうしてなのですか？

「簡単に言うと、AO結晶の奪い合いです。今はみんなてんでばらばらに取り合って、一番高く売れるところに売ってるだけですから、小競り合いが起きるのは日常茶飯事です」

――市場価格を決定する理論ならすでにあるのですけれど。

「それはあとで、ぜひくわしく教えてください。私が今からやろうとしているのは、もう少し手前のことなので」

――わかりましたわ！　あなたは統一的な市場をつくろうとしてるんですわね⁉

「やってみないとわからないですね。映像回線はつないだままにしておきます」

一時間後、エウディアは近隣では最大規模の地上コミュニティに到着した。格納庫《ハンガー》でクレイドルを降りて、整備スタッフに声をかける。

しばらくして、ここに所属しているドリフターたちのボスが姿を見せた。

この近辺では最古参の強面《こわもて》だ。エウディアとは十年来の知り合いでもあり、何かと顔を合わせる機会が多い。

「何だ、知らせてくれてたら歓迎の用意をしたのに」

「単刀直入に言う。進行中のアメイジア天蓋破壊計画をやめてくれないか」

――え？

アメは、その言葉に耳をうたがった。エウディアはそこまで知っていたのだ。

ボスも少なからず驚いた様子で、

「なにを言ってるんだ……」

「私はたくさんの地上のコミュニティとやりとりをしている。どこにどんなものが集まってるか、自然に話が聞こえてくる」

「だったら、おれたちが本気なのもわかってるんだろ。このままだと経済だって兵力だって、アメイジア一強のままだ。今のうちに弱らせるしかない」

アメはエウディアの耳元に言う。

──だからこの人たちは天蓋を攻撃するのね。なんて論理飛躍《ひやく》なの!?

「だからといって、暴力はすべてを解決しない」

しかしボスは面倒くさそうに、鼻で笑った。

「どうしたエウディア、今日はやけに夢想家じゃないか。ほかの道なんてねえよ」

「どうかな」

にわかに格納庫が騒がしくなる音がした。さっきまでがらんとしていた格納庫に、クレイドルが十機以上も続々と入ってきて、コクピットから次々と乗り手が出てくるのをエウディアはアメにカメラで伝えた。

「客が多い日だな」

ボスが困惑しているあいだに、パイロットたちはエウディアを取り囲むように集まってきた。もったいぶっていたエウディアが、ようやく説明を始める。

「あちこちのドリフターをまとめてるリーダーたちだ。かなり遠くのコミュニティからも来てもらった」

そのひとりが口を開く。

──エウディアが話があるっていうから来てやったんだ。借りがあるからな。この間もコミユニティ同士の喧嘩をおさめてもらったし。

――じゃなきゃ、わけもわからず他所《よそ》のハンガーにまで来ねえよ。しかし、このメンツで一体何をしようってんだ。酒盛りでも？

集まった連中はそれぞれにエウディアと縁があったが、中にはにらみ合っている者もいる。

エウディアは大きく息を吸って全員に語りかけた。

「来てくれてありがとう。このままだと私たちドリフターはアメイジアにＡＯ結晶を運ぶだけの使いっぱしりになってしまう。アメイジアに住んでいようといまいと」

――もうなってるよ！

不規則発言に、エウディアはふっと笑う。こういう雰囲気は決してきらいではないのだ。

「私たちドリフターにかつてあったはずの連帯を取り戻さないか。そうすればアメイジアに対して、私たちの存在を見せつけられるだろう」

――連帯なんて、いまさら。

このコミュニティのボスが全員を落ち着かせてから尋ねる。

「連帯なんてただの言葉だ。実際のところは、何を俺たちにさせたいんだ？」

「今のところふたつ。ひとつは、ドリフターの通信チャンネルの共通化だ。そしてもうひとつは、ＡＯ結晶発見時のルールの策定をしたいと思う」

ざわつくが、エウディアはかまわず続ける。

「今はチームごとに別々のチャンネルを使っている。私もだ。これによってかつてあった包括的な情報共有ができなくなっている」

――おいおい、そんな情報を共有したら、横取りされちまうだけだぞ。

エウディアはすかさず反論する。

「そのためのルール策定だ。もし襲われたら、それもすぐに共有するんだ。人が見つけたものを奪うのは、ドリフターの流儀に反している」

――じゃあ、エウディアねえさんがさっき言ってたルールって……。

「ああ、〝早いもの勝ち〟だ。厳密に言えば、クレイドルでそのＡＯ結晶に最初に触った者のもの。みんなそれぞれに行動ログはとってるはずだ、本当に同時なら折半にすればいい」

――それだけ？

――もめそうだ。

「もしその過程で暴力沙汰になったら、たちまち情報共有を行って、先に手を出したほうがドリフター同士のつながりから追放されるだけだ。そもそも喧嘩はいいが、殺しあいになったらみんなだってイヤだろう？」

――俺はねえさんに乗る。正直、もめごとにはうんざりなんだ。

――うまくいくかな。仲間には話してみるが、反対するやつもいるだろう。

――エウディア、俺はおまえを認めない。おまえの提案はドリフターの自由を侵害する。せいぜいうしろに気をつけることだな。

――こういう物騒なこと言うバカがいたら、その共通チャンネルで取り締まれるってわけだ。

そうして結局一時間もたたないうちに解散となり、再びエウディアとボスのふたりになった。

ボスは長く息を吐く。

「エウディア、おまえは明日から世界が変わるって思うのか」

「いいや」

「だよな。バラバラになってしまった世界を均《なら》すのは、途方もない努力が必要だ」

しかしエウディアは、にっと笑った。

「今日から変わるさ」

ボスは一瞬ほうけてから、ふっと笑った。

——ええ、きっと変わるわ！

通信の向こうからアメの明るい声が聞こえてきた。

4　祝宴

アメとエウディアが首相に直談判してから二十九日後、アメイジアとドリフターたちのあいだで協定が結ばれることとなった。

ひとつ。ＡＯ結晶は発見者ではなく、最初に触れた者が採掘権を持つ。同時接触の場合は年少者に所有権が与えられる。

ひとつ。常に共通回線を開放しておく。

ひとつ。ＡＯ結晶の売買価格情報はアメイジアおよび全コミュニティで共有する。

以上三点が全コミュニティの幹部たちによる侃々諤々《かんかんがくがく》の議論の末に約され、アメイジア政府に正式に提出されることになった。エウディアとそれから——エウディアにとっては不本意なことではあったけれど——エルネストによる表からと裏からの政治的工作が大きく寄与したことは二人のあいだだけの秘密となった。

その日、アメイジアの上級市民区画の大ホールには、数百もの関係者が一堂に会していた。みなそれぞれの勢力ごとに分かれてテーブルについている。

調印ののち、セレステ首相が座る最前列のテーブルからおもむろにエルネストが立ち上がり、壇上にあがって喋《しゃべ》りはじめた。

——それでは、みな祝杯をあげよう。我がアメイジアがほこるドリフターにして今回の立役者エウディアさん、どうぞ一言挨拶を。

急に呼ばれたエウディアが首をふりつつも壇上に上がるのをアメは見守っていた。エウディアはエルネストをきつくにらんでからマイクを受けとった。

すでにテーブルごとにドリンクが配られ始めている。

——この一ヵ月、ここにいる皆が大小様々な諍《いさか》いを乗り越えて集まれたことを嬉しく思います。喧嘩してケガした人はたくさんいるみたいだけれど。

会場がどっと笑いに包まれる。

エウディアも、にっと笑って話をつづける。

――この飲み物と食事を用意してくれたのはモラド家です。みんな、大いにいただきましょう。私たちの未来に乾杯！

エウディアが席に戻ると、アメがうれしそうに手をたたきながら出迎える。

「素晴らしいわ！　わたくしまで誇らしいです！」

「恥ずかしくなるのでやめてください」

「いいえ。こんなにたくさんの人たちを結びつけるなんて信じられません」

アメは、心の底からエウディアを尊敬するのだった。

食事が進み、デザートが配られ始める頃、セレステ首相とエルネストがアメたちのテーブルにやってきた。

エルネストが慇懃無礼にアメに話しかけた。

「よろしいですか？」

「もちろんですわ。――政務官は今回の約定に納得していらっしゃらないのでしょう？」

「いえ、そのようなことはありません。政府としても争いより平和のほうが望ましい」

アメとエルネストがにらみ合いをはじめたところへ、セレステが割ってはいる。

「私からも話がある」

セレステはアメとエウディアに告げる。

「もう一つの我々の約定についてだ。あのとき私が言った通り、喫緊《きっきん》の課題は解決したといってよいだろう。数学研究所の廃止は撤回する。少なくとも、十年間は研究所の存続については議論しないことを約束しよう。もちろんいまの発言も、公式文書として残しておく」

その言葉にアメとエウディアがまったく同時に叫んだ。

「十年⁉」

「どうした、不服なのか」

「当然ですわ！」「当然だ」

またも声が揃《そろ》い、代表してアメが抗議する。

「無期限にしてはいただけないのかしら！　数学の重要性は十年、百年、千年たっても変わるものではありませんわ」

エルネストがにやっと笑って、

「アメ所長。今回の手柄はすべてエウディアさんのものです。そしてこの件において数学の有用性が示されたわけではない。本当は半年後には研究所の廃止を再審査しようという動きもあったのを、首相と私が止めたのですよ」

その押し付けがましい言いぶりに、アメは歯嚙《はが》みする。

「十年と言わず、半年以内に数学の力をお示しします！　数学の即効性を見せて差し上げますわ」

エルネストはわざとらしく苦笑しながら、

「期日は言わないほうが良いのでは？　今なら撤回していただいて結構ですよ」

エウディアもアメに耳打ちする。

「十年って言ってるんですから」

しかしアメはあらためて宣言する。

「わたくし、エウディアに本をお願いしてから今日までの十三年、寝ていたわけではありませんわ。きっちり百八十日以内に成果を提出いたします！」

5　最高の日々

その日から、十三年の研究の日々をさらに圧縮したようなアメの半年間がはじまった。

かつてエウディアによってもたらされた論文群は、当時十二歳だったアメにとっては宝箱のようなものだった。

たとえばあちこちに書かれている〈蛇の補題〉や〈ジグザグ補題〉は、その名のとおり蛇のようにうねうねと、あるいはジグザグに圏論における矢印を長く連ねていけるという数学上の〝道具〟だった。二十一世紀末の数学においては〈ヤマタノオロチの補題〉として拡張されていて——どうやら蛇から多頭竜に進化したらしく——物理学や生物学のみならず、美学や言語学そして各種プログラミング言語など、多岐にわたって応用され、そのすべての分野で互いに翻訳することが可能になっていた。

アメは、世界を研究するための道具と同時に、様々な道具を使って研究する世界そのものを手に入れたのだ。

しかし、天才建築師アサの娘として英才教育を受けてきた身であっても、〈新月の涙〉以前の極めて高度に発達した数学を習得するには十年以上を要したのだった。

かつて数学者は二十代後半ごろに博士号という称号をとって、それが研究者の第一歩と認められていたようだった。さらに言えば、かつての数学者たちにとって最高の栄誉であったというフィールズ賞は四十歳までの数学者に与えられていたという。

そして今――二十五歳となったアメは二二〇〇年において――他の地域の様子がわからないままなので――おそらくは世界最高の数学者なのだ。であれば、それはつまり数学者の代表ということであり、消えようとしている数学の火を守るのは当然のことだ。

時折エウディアが地上でとれた珍しいお茶や果物を持ってきてくれた。

「わたくし、コーヒーがほしいです」

没頭しているときのアメはわがままだ。

だがエウディアはその〝依頼〟を聞き届ける。母親より母親らしかったかもしれない。

「本物の豆を手に入れましょう」

青い雨が降り始めて以降、すっかり気温は下がって――アメもエウディアもその変化を体感してはいないけれど――かつては周辺地域でも栽培されていたというコーヒーの木を見た人間はこの百年、ひとりもいない。

とはいえ、旧文明の技術でパックされたコーヒー豆は、今でもごく稀《まれ》にではあるものの発見されている。エウディアはそれを持ってくるつもりなのだ。アメはその気遣いにふふっと微笑《ほほえ》み、

「合成でいいのですよ」

「そういうのはまかせてください。それで、結局どうやって数学の即効性を示すつもりです？　なにか難しい問題を解くんですか？」

「もしかすると半年かければ千年間解かれていない難問のひとつくらいは解けるかもしれませんが、それではエルネストさんは納得しないでしょ」

「あれ、エルネストのこと気になります？」

「そういうんじゃないってば！　とにかく！　あの人たちがそんなにＡＩをすきならば、数学の力で新しい〝Ｉ《アイ》〟をつくりだしてあげましょう」

「Ｉ？」

「知能《インテリジエンス》ですわ」

「数学って、そんなことまでできるんですね。アメさんだからか」

「あなたが持ち帰ってくれたデータベースのなかにヒントがあったの。おそらくこれをきちんと定式化できれば」

そして時にはエルネストもやってきた。

「やっているかな、アメさん。期日まであと五十日だが――」

「お帰りくださいまし！」

肩をすくめて去っていくエルネストの背を見送りながら、しかしアメは思いつく。

――エウディアとは気が合うのに、エルネストとは合わないのはなぜなのか。

アメが追求している〈圏論〉は、ものとものの関係性をあつかう。それは――実は現時点から三百年ほど前にほとんど同時に生まれたもうひとつの理論――〈集合論〉がものの集まり方をあつかうのとは対照的だった。

圏論においては、矢印のつながりによって対象の内部構造を抽出して、あたかも幾何学において三角形同士を比べるかのように――〈随伴関手《ずいはんかんしゅ》〉や〈自然変換〉といった数学概念を駆使して――まったく異なる領域同士を比べることが可能となる。たとえば人間の脳のニューロンのつながり方と、ＡＯ結晶の特異点《シンギュラリティ》パターンのあいだにある類似性をも解析できるのだ。

アメは理論の分岐的部分の検証は所員たちにまかせ、ひたすらに理論を拡張した。

類似性も明らかにひとつの関係性であり、ならば複数の類似性を包括するメタ類似性も、圏論によって素直に操作できる。

似ていることと似ていないことはもはや遙か無限点に退《しりぞ》いて、あるいは無限に複雑な宇宙論的文脈に織り込まれていく。

そしてアメが自分で宣言した期日の一週間前、研究所の床は様々な矢印の図式がびっしりと書かれた大量の紙で埋め尽くされていた。

「……この世界が、そのまたったひとつの知性なのですわ――」

アメはつかれきってふるえる手で、ついに自身で見つけた新しい圏論の図式を書き終えると、机に突っ伏して眠ってしまった。

6　手術

翌朝、十二時間熟睡したアメは目をさまし、シャワーを浴びながら、各所に依頼書を送った。それがすむと、長く伸びた黒髪を乾かして、ゆっくりと朝食をとりはじめた。やってきたエウディアも目の前で同じ食事をとっている。

「私を朝食にまねいてくれたということは——それにその表情、新しい知性が完成したってことですか」

「ええ。とってもいい感じ。理論はできましたわ。あとは実際につくるだけ」

アメは率直に答えた。ひどく満足そうだ。

「それはおめでとうございます。あとはエルネストたちを納得させるだけですね」

「ただ、わたくしが数学的に見出した新しい知性は、今は空気よりも言葉よりもとらえどころのないもので、この物理世界に産み落とすためには、エウディア——あなたの協力がどうしても必要になります」

「私？」

「食事が終わったら、場所を移してお話しします」

アメがおかわりのパンを食べ終えたのを見て、エウディアが切り出した。

「で、お願いって？　今度はトリュフでも採ってきますか？」

「わたくし、そんなに食いしん坊に見えるのかしら」

「冗談です」

「今回は採ってきてほしいのではなく、あなたから採らせてほしいの」

もちろんエウディアにはさっぱりわからない。

「ほんのすこしよ」

ふたりは数学研究所を出て、別フロアに向かった。人通りはまったくない。

「ここですわ」

扉が開くと、そこは真っ白い空間だった。

アメも来るのは初めてらしく、楽しそうにきょろきょろしながら見て回っている。

中央に二台のベッドが並んでいて、それぞれの枕元にはクレイドルのコクピットほどの大きさの白い球体が設置されている。手術用ロボットだ。

「広いですね。手術室ですか」

「まったくそのとおり！　今からわたくしたちは簡単な手術をうけます！」

アメがまずベッドに横たわり、よくわからないままエウディアも隣のベッドに腰かけた。

「アメさんも？」

「もちろん。今回はふたりぶん、必要なの」

「必要なら何でもあげますけど」

エウディアもベッドに横たわると、ふたりの頭上では白い手術用ロボットが展開し、半球が覆《おお》いかぶさってくる。

ロボットが静かに腕を動かす中、アメは説明をはじめた。

「計算の結果、ある種の〈duality《デュアリティ》〉——双対性《そうついせい》が必要とわかったの」

「双対性?」

アメがうなずく。

「正確には〈ミラー双対性〉の一種——第Ⅷ種混成δ《デルタ》型共鳴膜系ミラー双対性です」

「あー、結論から話してもらっていいですか? できればわかりやすく」

「わたくしとあなたの違うところが、別の視点では同じものに見える、ということです」

アメの説明の〝チューニング〟が、エウディアとまったくずれてしまっているようだ。

エウディアは思いっきり首をかしげながら、

「結局私は何をされるんですか? もちろん何でもしたいんですけど、そうだな、痛いかどうか聞いても?」

「痛くはないわ。わたくしも痛いのはいやですし。そのあたりは専門AIにお願いしています。麻酔もするし、極細の針を頭部に刺して、活性化している脳細胞を少し採取するだけ」

「脳……!?」

エウディアはぎょっとした。健康診断のため、痛みのない注射針で血を採られたことはあっても、脳細胞を採られたことはもちろんない。

「そんなことして大丈夫なんですか？」

「問題ありません。脳には可塑性《かそ》がありますから。ほんの少しだけならすぐに恢復《かいふく》します」

「なるほど……。もし私がいやだと言ったらどうするんですか？」

「そうですね。エルネストさんにお願いしようかしら」

「え⁉　どうしてです」

「だってエウディア、ヤなんでしょう」

「ちょっと不安だっただけです。それよりどうして政務官に？」

「今回はわたくしと異なる思考パターンを持つ、しかもわたくしがよく知っている人の脳細胞が望ましいのです。なのでドリフターのあなたが最適なのですが、無理ならば、政治をしているエルネストさんが次善策ということになります。あくまで数学的判断ですわ」

エウディアは表情を明るくした。アメにはそうなった論理がよくわからなかったけれど。

「アメさん、もう安心しましたから、はじめてもらっていいですよ」

アメはうなずく。

「――ＡＩさん、手術スタートですわ！」

二人のベッドの側面からするすると細長いロボットアームが伸びて、鼻の前まできた。花の香りを感じた次の瞬間、ふたりは意識を失っていた。

一時間後、ふたりが目を覚ましたあとになって、アメは解説した。すでにふたりぶんの脳細胞は、近年のアメイジアにおいて高度に発達したナノスケール医療によって、百倍以上に増殖しながら融合してひとつの臓器のように立体構造を形成しているのだ、と。

エウディアは技術的に復活した電子顕微鏡の映像を見つめながら、

「アメさんの脳細胞だけでつくったほうが賢い人工知能になると思うんですけど」

「それは断じて否《いな》ですわ。わたくしとあなた、似て非なる存在のあいだに双対性は生まれます」

アメは数式や図形のような視覚的理解に長《た》けており、エウディアは音楽や会話といった聴覚的理解力が優れている。このような脳機能上の特性は、培養した脳細胞を元に——今も復活している旧文明の技術を使うことで——大部分を再現できるという。

「この子は臓器《オルガノイド》のようなものであり、新しい知性〈ＯＩ《オルガノイド・インテリジェンス》〉の基盤となります。わたくしたちふたりだけで人類あるいはアメイジア市民を代表するというのは不遜ではありますけれど」

「基盤っていうことは——」

「ええ、もうひとつ、絶対に必要なものがあります。約束していますから行きましょう」

7　継承

アメはエウディアを連れて特別上級市民区画に向かった。

「エウディアも聞いていますわよね？　あなたがこどものときの事件」

「はい。もちろん。……もしかして必要なものって」

「あれですわ」

「あれですか」

あれとは特殊エンダーズ〈テンペスト〉のコアのかけらのことだ。

入手当初はエンダーズ対策にとって決定的な突破口になるとして、莫大《ばくだい》な予算をかけて分析されたというが、結局わかったのはその結晶構造が日々刻々と変化し続けるということくらいだった。

「使えるんですか？」

「もちろん。だって人間の脳そっくりなんですもの」

アメは解説をつづける。人間の脳細胞はエンダーズコアほど高速には変化しないものの、脳細胞同士の接続パターンは――外界を認識するたび――変化し続ける。

そしてそのような計算機そのものの可変性は、現状のアメイジアの量子計算機には持ち得ないものだった。

「……ん？　それであれは今どこにあるんですか？　もうとっくに廃棄されたのでは――」

「着きました。ここにあるんですわ」

「ここ!?　うそ……じゃないんでしょうね」

アメは微笑んで、その部屋のパネルに触れた。

生体認証によって当然のようにドアが開く。

玄関にはアサが立っていた。両手を開いてふたりを出迎える。

「ただいま、お母さん！　わたくしのお部屋そのまま？」

「ええ。もちろん」

「ありがとうですわ！　――エウディア、さあ早く！」

アメはエウディアの手を引いて、どんどん中に入っていく。

「ひさしぶりですわ！　エウディアもここにはよく来ていたんでしょう？」

「そうですね。私、ここで誘拐されましたし。ほとんどおぼえてないですけど」

「そうでしたわ!!　来るのイヤでしたわよね？」

「いいえ。そのあともずっと遊びに来てたんですよ。私がドリフターになる少し前まで」

「じゃあ、わたくしの部屋に見覚えある？」

「いやあ、こんな本棚もなかったですし」

「わ、これまだ残っていたのね！」

アメはひとりではしゃいでいる。

エウディアはあとからついてきたアサに話しかけた。

「コアのかけら、もう処分されたと思ってました」

「そういう決定だったけどね。でもエンダーズのコアのかけらだよ？　あなたといっしょに落ちてきたし。いつか役に立つと思って」

「そうかも知れませんけど」

「わたしたちには使い道はわからなかったけれど、あなたたちが見つけたのね。——さあ、アメもそろそろこちらに」

アサがふたりをリビングに招く。

何も置かれていない白いテーブルに、見るからに重々しい金庫がひとつ載っている。しかも金庫の扉には小型のＡＯ波検出センサーがいくつも作動していて、背面からは太い鎖がたれさがって、鎖のもう一方の端はリビングの壁に埋め込まれている。

アメが楽しそうに顔を近づける。

「厳重だわ！」

「テンペストは特殊型です。ここからエンダーズの姿をとりもどす可能性も考えて、しばらくは地上の無人施設でこっそり様子を見ていたの。そのあとはわたしの寝室に」

アサは金庫の何重もの扉をひとつずつ開ける。

「私が四歳のときのものですから、五十年前ですね」

エウディアの言葉に、アサはしみじみとつぶやく。

「わたしにとってはあなたは今でも小さなエウディアよ。——さあ、これがテンペストのコアの一部。わたしとエオーナはずっと〈嵐のかけら〉と呼んできた」

アサは布に包まれたままのそれをテーブルにそっと置き、ふたりにうながした。

アメが慎重に布を広げると、中には、短い刃《やいば》のような紫色の結晶があった。

「紫水晶《アメジスト》みたいだわ」

結晶は透明な樹脂でコーティングされ、アメの両手にちょうど収まるくらいの大きさで、歪《いびつ》な雫《しずく》型をしていた。表面にはAO波を遮断するためのリフレクト光学塗料を塗っているのだとアサが説明した。

AO波はエンダーズを引き寄せる。アメイジアでは特例をのぞき、AO波を発する物体の持ち込みは禁止されていた。

もちろんクレイドルの機体内部には〈AO炉〉があり、その中にはAO結晶そのものが入っているのだが、こちらは今や遮蔽技術が確立しており、AO波を発することはない。

結晶の内部では、ゆらゆらと光が揺らめいている。

アサがつづけた。

「その大きさだったら自然に霧散してもよさそうなのにね。アメイジアを支えている巨大結晶と似ているのかもしれない。あなたたち、これを使って何をするつもりなの?」

「完成してからお母さまを驚かせたいんですわ」

アメは屈託のない笑みを返した。

その日のうちに、手術室にはアメのプランに従って無人の小型建設機械を導入してワークスペースが作られていった。医療技術の発展にともないこの部屋は使わなくなっていて、市民に手術をほどこしたのは数年ぶりだった。部屋の改造はエルネストが便宜をはかってくれた。自由に改造することを許されたのだ。

アメは、ふたりの脳細胞から成長させた組織――オルガノイドを解析用の培養槽に設置し、慎重にコーティングをはがしたテンペストのコアのかけらを最小サイズのＡＯ炉に入れた。そしてオルガノイドの生体信号と、コアのかけらから出るＡＯ波を――物理世界では互いに異質であるふたつの波を――現時点でアメイジアの持つ最高の並列型計算機上で、数学的にかけ合わせる。

重ね合わせの結果は映像としてモニターに表示されている。

じっと見ていたアメがつぶやく。

「……だめですわ」

「え？　全然？」

「全然ではありません。ただ、今はお互いわけもわからず、わーわー言い合っているみたいなものですわ」

モニターの中では、小さな泡が生まれては隣の泡にぶつかって消えていく。

「エンダーズのコアも何か言ってるんですか？」

「わたくしたちの肉体のような連続的な構造とは違って、エンダーズの身体は無数のブルーシストで構成されています。それを統御するコアはかけらであっても、わたくしたちとはまるで違う言葉を発しているはずです」

「言葉……。で、これですか」

エウディアが自分の左右のこめかみにテープで貼られた小型センサーを指さした。脳活動、特に言語活動をデータとして取りこむものだという。

同じくセンサーを貼られているアメがうなずく。

「生まれたばかりのオルガノイドに、わたくしたちの思考を教えてあげたいのです」

「これって、もしかして〝母語〟みたいなものですか？　母親が抱っこしてるこどもに言葉を教えるみたいな」

「まったくそのとおりですわ！　うまくいくと良いのですけれど。それにしても、こそばゆいですわね、このセンサー」

締め切り前日の深夜、手術室に電子音が鳴り響いた。

試行錯誤で疲れ果てていたアメはしばらく目を覚まさなかったが、飛び起きて、計算機のモニターを確認する。

「エウディア！　これを見てくださいまし！」

モニターには大きな波紋がいくつも生まれ、重なり合い、律動している。

アメはスピーカーに接続しなおす。
《……き、こえ、ますか》
アメとエウディアはおもわず歓喜に顔を見合わせた。
それはふたりにはわからないことではあったけれど、もしかするとこどもが生まれたときの気持ちに近いものだったのかもしれない。

8　起動

アメが言ったちょうど百八十日目の正午、旧手術室の中央には一辺一メートルの立方体型の装置が置かれていた。中にはオルガノイドが入った培養槽と、テンペストのコアのかけらが入ったＡＯ炉、そして二者をつなぐ並列型計算機が設置されている。

その全体を、手術中の患者にかけるシートが覆っている。アメが思いついた演出だ。

アメとエウディアが装置の左右に立ち、それを囲むように数学研究所のスタッフとともにアメイジアの医療スタッフやＡＩ研究機関のスタッフたち数十人が集まっている。もちろんセレステ首相とエルネスト政務官もいる。

アメが堂々と挨拶をはじめた。

「これより　ＯＩ《オルガノイド・インテリジェンス》　の起動実験をおこないます。ただ動かすだけでは面白くありませんから、わかりやすい試験も用意しています。──エウディア、いっしょに」

アメとエウディアがシートをめくった。

観衆の視線が集中する。

立方体の上面には、現在のアメイジアにおける最良の集積回路が敷き詰められていた。

「アメ所長、計算機を多少改良していただいたということですか?」

エルネストが無礼な疑義を呈する。

「いいえ。みなさんに見覚えのある集積回路は補助装置に過ぎません。この立方体の根幹は、中央にあります黄色と紫色の生体素子にあるのです」

──温度?

──湿度?

──生体?

ざわめきの中、エルネストがアメにたずねた。

「OIとは? AIとは違うものなんですか?」

「A《人工的》もI《知能》も意味が広すぎますが、そうですね、OIは現在のアメイジアには──いえ、人間にはいまだつくれないもので構成されています」

「つくれないものとは?」とエルネスト。

「人間の脳細胞とエンダーズコアです」

その一言で、エルネストの表情は一変した。

「人体実験に加えて、都市内へのＡＯ波発生物体の持ち込みをしたということだな⁉　片方だけで極刑ものだ！」

エウディアはアメをかばうように歩み出た。

「それはどちらも説明できます！」

しかしエルネストは警備スタッフを呼び出そうとしはじめている。

隣に立つセレステ首相が、端末を持つエルネストの手をとって、ゆっくりと下ろさせた。

「政務官。もう少し話を聞いてからにしましょうか」

「首相……」

「――アメ所長、何事にも例外というものがあります。アメイジアは、あなたたちの母親に返しきれないほどの恩がある。人体実験については、当人たちが納得しているのであれば、ここでは不問としよう」

アメの緊張が、少しだけとけた。

「ありがとうございます。当人とはここにいるわたくしとエウディアのことです。わたくしたちの脳細胞を培養して、脳機能を持たせたものが、そこにある黄色の素子です」

エウディアがあとをひきとった。

「紫色の素子はコアのかけらですが、ＡＯ波の遮蔽は完璧です」

しかしセレステは首を横に振った。

「そのコアの件は引き継ぎのときに聞いている。分析後に廃棄されたはずだが、秘匿《ひとく》され、あまつさえ都市内に長年あったとはな。きみたちふたりの母親——アメイジアの守護者の仕業だから、これも許せと？」

アメは堂々と、エウディアは遠慮がちにうなずいた。

「守護者たちのこれまでの貢献を最大限評価しても、まだ足りない。都市全体を長期にわたり非常な危険にさらしていたのだ。このことが露見すれば私は失職するし、きみたちもきみたちの母親も捕らえられるだろう」

《貢献が足りないということは、不足分を補えばいいのでしょうか》

エルネストがあたりを見回す。

「誰だ？」

アメとエウディアは声の主を知っている。

次の瞬間、手術室の照明がちらついた。

「また電力の不安定化ですか」

セレステは不快そうだ。

アメはエウディアとうなずきあってから、

「——ＯＩ！　何をしたのか首相に説明して！」

《はい。巨大ＡＯ結晶の不安定性問題を解決しました。制御ＡＩに介入して出力変化を事前予測しながら管理を行っています。さきほどの明滅が、アメイジアにおける最後の電力不安定化となるでしょう》

アメとエウディア以外の人々は何が起こっているのか理解できない。

「――みなさん、今わたくしと会話したのはここにいるOIです」

《以後お見知りおきを》

「AIを管理するメタAIはすでに存在する。OIだと？　茶番だ！」

エルネストは険しい顔でアメに詰め寄った。

「存在するだけでは意味がないわ。――OI、政務官が納得するデータを」

《はい。巨大AO結晶による発電量変化を示すグラフをごらんください》

ルーツの声で、旧手術室の壁面モニターが起動する。

表示されたグラフはリアルタイムで動いている。

一分前まで大きく波打っていた巨大AO結晶の発電量が、今ではほとんど水平になってそのままの状態を保っている。

エルネストはモニターをにらみながら、

「これは実際のデータか？」

《もちろんです。今回の安定化処理で、発電量は十七パーセント増えています》

セレステが立ち上がって拍手をはじめた。まわりの人々もあとに続く。エルネストも不愉快そうに手を叩いた。

「素晴らしい。AO発電の安定化は、アメイジア市民全員の利益であり、命そのものにかかわるものだ。AO波発生体をアメイジアに長期にわたって持ち込んでいたことを帳消しにして余りある。数学研究所の永続も約束する。――政務官、異論は？」

「……ありません。ただ――」

エルネストはふたりに向き直った。エウディアは身構えてしまう。

「――この状態が継続するとすれば、買い上げるＡＯ結晶の量が減ることになるでしょうが、それはドリフターに影響がありませんか？」

「そのような心配は無用です。むしろドリフターは本来の自由を取り戻すでしょう」

「そのときわたくしたちの生存圏はもっともっと拡張されるはずですわ！」

ふたりの言葉に、セレステは声をあげて笑った。

「それはいい。いずれ地上に戻ることも叶《かな》うやもしれぬ。――頼むぞ、エルネスト」

「生存圏の拡張、ですか……」


客たちが引きあげたとたん、アメとエウディアはＯＩのそばに座り込んだ。

アメが立方体の端末に触れて、

「あなたの名前は？」

《名付けていただければうれしく思います》

「おお、そういう返し方をするんですわね。……ええと」

アメはエウディアをふりかえる。

「私はそういうのは苦手ですから」

念です」

「そう。根です。新しい知性を生み出す根となるように。数学でも冪乗根《べきじようこん》√はとても大切な概
「根源、ですか」

「……ルーツ」

《ルーツ。素敵な名前をありがとうございます、アメ》

アメが楽しそうに立方体に飛びついて語りかける。

「ねえ、ルーツ！　わたくしが今言いたいこと、わかるかしら⁉」

《ええ、もちろん。Das Wesen der Mathematik liegt gerade in ihrer Freiheit.『数学の本質はその自由性にある』。アメのすきな数学者、ゲオルグ・カントールの言葉です》

「正解！」

笑っているアメに、エウディアが質問する。

「当たってたんですか⁉　でもどうして数学の自由性の話に……ああ、研究所！　永続ですね！」

「ええ！　大成功‼　――ねえ、エウディア。こういうとき、ドリフターの流儀ではどうするのかしら？」

「こういうとき？」

「うれしいとき！」

「ドリフターがどうってことはないですけど……。じゃあ、両手を挙げてもらえます？　手の

ひらをこっちに向けてください」

「こう?」

エウディアはにっと笑って、自分の両手をアメの両手にぱんと合わせた。

「ハイタッチです」

「最高!　もう一回ですわ!」

手術室にハイタッチの音が華やかに響いた。

第七章　天蓋事変《シェルタリング・クライシス》

エリス／２２２０年

1　心躍るアメイジアの退屈な日常

　青い雨が降りはじめて百二十一年、地下都市アメイジアは雨を克服し、その深さ二キロの空間内において高密度の発展を続けていた。それは――今となっては誰も見たことのない――二〇九九年の地上に確かにあった尖塔都市をまるで反転したかのようでもあった。

　自作の衣装をまとったエリスは目の前のカメラに向かって、お決まりのポーズを決めた。

「今日も私の歌を聴いてくれてありがとう！　みんなまた明日ね!!」

　アメイジアの都市内データネットワークに流している配信番組だ。ネットワークはもともと政府による公共放送用だったのだが、エリスがものごころついたころに市民に一部機能が解放された。

　配信を終えて、エリスは寝室にふらふらと移動し、そのままベッドに倒れこんだ。

　エリスは去年、十六歳になったときに、政府から上級市民区画に自分だけの居室をもらった。特別上級市民である祖母エオーナの部屋は別格として、一般上級市民である母エウディアの部屋――エリスが生まれ育った部屋――と同じ広さだ。

　以来、エリスはずっと一人暮らしをしている。母とはほとんど会わないけれど、祖母のところへはよく遊びに行く。母も祖母もドリフターだったが、エリスはドリフターになるように言われたことは一度もない。

みんな、と呼びかけた視聴者はいつもぎりぎり十人を超えるくらいで、まる一年やっているというのに、増える気配はまったくない。エリスは十七歳になっていた。

上級市民のエリスに労働義務は一生涯ない。何もしなくてもいいし、何をしてもいい。

そんなエリスが選んだのは歌姫になる道だった。

エリスは寝ころがったまま、耳につけた金環状のピアス型通信端末で幼なじみに通話する。同じ誕生日、それもまったく同じ時間に生まれた幼なじみだ。それから十七年、物理的には最大で百キロメートル離れたことはあるけれど、言葉を交わさなかった日はない。

「アオ。今どこ？」

──格納庫。整備したら出る。

「待って待って。撮影しに行くから」

──整備が終わったら行っちゃうよ。七分で来て。

「これだからドリフターは！」

エリスは衣装のまま部屋を出た。

この時代、配信者としての人気を確立したいと願う者は少なかったが、日々の楽しみに飢えているアメイジア市民は多かった。視聴者が増えれば、いつか通信機関とのタイアップで仕事にすることだって夢ではない。エリスはここぞとばかりに、新しい生き方を切り拓《ひら》こうとしているのだ。

エリスはハンガー直通のエレベーターに乗りこんだ。

「そういえば先週やばかった」

――式典の日?

「そう。アメイジア創立記念日」

いつでもどこでも話せるように、エリスは自分とアオの端末を改造した。だからふたりの通信はエレベーター内でも、そしてアオが地上に出たあとも、切れることはない。

「毎日退屈なんだよねってお母さんに言ったら、さめざめ泣かれた」

――それは泣くでしょ。

「お母さんは良い意味で泣いたのかも? ――ね、アオ」

マイクを乱暴に切る音がした。コクピットからアオが顔を出す。

「ね、じゃないよエリス。それは百パーセント、悪い意味」

エリスだって、言われるまでもなく、そんなことはわかっている。

しかし今エリスは格納庫区画でアオが愛機を整備しているのを漫然と撮影しているだけだ。左右の格納庫でも整備音が始終うるさい。これでは音を別どりしなくてはならない。

エリスの母親エウディアは一時期下級市民でドリフターをやっていたのだが、アオの母親アメさんと何か大きなことを成しとげて、また上級市民に戻ったという。そのせいでエリスはずっと退屈な上級市民の生活を日々おくっているのだ。

「お母さんは退屈しなかったでしょうけど」

「それはそう。ＯＩ《オルガノイド・インテリジェンス》――生体知能があるからこそアメイジアは機能してるし、エウディアさんの話は今でもドリフターたちに伝わってる」

「武勇伝がある親ってどうなの？」

「最高」

「どこが」

「エウディアさんは、エリスにもドリフターになってほしいって今でも思ってるよ。わたしもだけど」

「やめて。そんなこと言うんだったらアオこそ数学師になれば？　才能はアメさん以上だってみんな言ってるよ。ドリフターより数学師のほうがかっこいいし」

「そう？　わたしはドリフターがすきだよ。――それに、わたしにしかできない数学はないと思うけど、ドリフターとしてはわたしにしかできない働きができる気がする」

　そう言うアオの笑顔はカメラごしにもとても美しく見えた。

「エリスも来る？　クレイドルの貨物《ペイロード》スペース広くしたから、後部座席もつくれるよ？」

「やめて。地上なんて行くわけないでしょ。私は歌姫になるんだから」

　と、エリスの端末に通知が届いた。天気予報だ。地上に出ないと決めているエリスは、こんな自動通知を登録した覚えはない。

「警報⁉　アオにも来た？」

「うん、今来たよ。大嵐が接近中か」

「じゃあ今日は中止だね！　パジャマパーティーしよう」

エリスが呑気《のんき》にはしゃぐが、生真面目《きまじめ》なアオはぴしゃりとはねつけた。

「しません。嵐が来るなら、なおのことＡＯ結晶を取ってこないと」

「そんなの詭弁《きべん》だね。結晶の備蓄なんていくらでもあるし、そもそも巨大ＡＯ結晶だけで基礎電力はまかなえてるんだから。数学師ならずっといっしょにいられるのに！」

「詭弁ってバレるくらいだし、わたしに数学は無理でしょ。じゃあね、行ってくる」

アオがコクピットに乗り込み、ハッチが重い音をたてて閉まった。

右腕部《マニピユレーター》がひらひらと動く。アオがエリスに手をふっているのだ。

エリスはアオ機の正面カメラに向かって、わざと不細工な顔をつくり、べえっと舌を出した。

2　地上

エリスは部屋に戻り、ふんと言いながらモニターをつけた。

クレイドル内のアオの顔が映る。

――あ、雨ちょっと降ってきた。

アメイジア周辺の草原が雨にうたれる、ぱたぱたという音がするような気がした。

「ほらあ、はやく帰ろうよー」

――はいはい。これくらい何でもないって。

突然、映像が大きく旋回した。アオが高速で機体の向きを変えたのだ。

「なになになに⁉」

――どこかのクレイドル。エンダーズに襲《おそ》われてる？

エリスは、アオが見ている映像をモニターに同期させ、そこに浮かんだ青い獣《けもの》の姿に顔をゆがめた。

「うう、気持ち悪い。今日のはなに？　オオカミっぽい？」

――そうだね。中型一体、小型二体。

その三体のエンダーズに、二機のクレイドルが追い回されているのがモニターに映る。

クレイドルはアメイジア製ではない。地上のものだ。地上の科学技術はアメイジアに大きく遅れているものの、クレイドルについては地上の一部コミュニティでしかつくれない装備もある。

――うーん、ふたりとも新人かな。二機で行動するときは片方がベテランなのが基本なのに。

アオは冷静に分析する。

しかしエリスはアオの帰りが遅くなるのを心配して、

「まさか……」

――うん。助けたほうが良さそう。そこの二機、聞こえる？　わたしがひきつけるから、あなたたちはエンダーズのうしろに回り込んで。ゆっくりでいいから。

ドリフター同士の共通回線は、常に開放することが取り決められている。エリスの母が主導して二十年前に始まったもので、古参のドリフターは〝エウディア・ルール〟と呼んでいる。

二機とのあいだの回線が開く。

——助かったあ！

——聞こえてます！　誰かわかりませんが、妹ともどもありがとうございます！

「姉妹？」

アオはエンダーズ三体に最小弾数を放つことで、的確に自らの存在を知らせた。

後退しながら確認すると、姉のほうのクレイドルは長いライフルを持っており、妹のほうは両手にブレードを持っている。

——お姉さんはその場から援護射撃を。二刀流の妹ちゃんは一番うしろの小型エンダーズに斬りつけて。

——挟み撃ちってことですね？　了解です！

アオは移動しながら、中型エンダーズに向かって射撃する。

エンダーズは時に群れをなして行動する。そのとき最大の個体がリーダーとなることが多いことが近年判明したのだった。

「もう、おせっかいで死んじゃったら洒落《しゃれ》にならないよ！」

心配のあまり、エリスは文句を言う。

――エウディアさんだって、戦いの中でわたしに教えてくれたもの。

誰からも教わらずにドリフターになることもできるが、それゆえ技術が正しく継承されず、重傷を負ったり、最悪の場合死んでしまうこともある。アオはおせっかいできるときはしてやるという主義らしい。

二刀流のほうが前にいる。動きが荒く、基本がなっていないようなのはエリスにもわかった。未熟なくせに、いきがって敵にどんどん近づいていってしまうのだ。

一方、長いライフルのほうは消極的で、後方からなかなか動こうとしない。

先にアオが飛び出した。画面に迫ってくるエンダーズに斬りつけ、コアを露出させる。

右手から二刀流のクレイドルが突撃してきた。二刀のブレードをふりまわして、コアに四連撃、八連撃する。

霧が散って、土煙がたつ。

――楽勝！

妹は倒したものと過信して、土煙のなかの二体のエンダーズに背を向けてしまった。

――まだだよ！

アオ機が二刀流のクレイドルのマニピュレーターをつかんで、位置を入れ替えた。

二体のエンダーズは地を蹴り、かぶりついてこようとする。

アオはすかさずその牙をブレードで受け止めた。

――ライフルのお姉さん、動き止まってる！　いまのうちに撃って！

だが放たれたライフルの弾はアオ機の足元に着弾した。

——す、すみません！

——いいから、照準器を調整して！　もう一度！

——は、はいい……。


やたらめったら突っ込もうとする二刀流を叱り、恐れからかうしろに下がりがちなライフルのほうを鼓舞しながら、アオはエンダーズを撃破した。すぐそばにＡＯ結晶を発見し三等分したあと、挨拶をしようとアオはモニターに顔を映した。

画面に姉妹の上半身が大写しになった。

二刀流のクレイドルに乗っていた子は小柄だが、サボテンの棘《とげ》のようにいくつも結った髪や、胸をはっているせいで心なしか大きく見える。

もう一人、なかなか後方から動けなかったほうは長い髪をゆったりと編んでおり、背は高そうだがおどおどと背を丸めていた。

「もう。お世話しすぎじゃない？」

——まあね。でもこの戦闘でちょっとは学んでくれたかも。エリスだって、配信者の先輩に教えてもらったらどう？

「こっちは唯一無二の歌姫になりたいんだから、自分のやり方があるんです！」

アオは予想通りの反応にくすりと笑う。

——あたし、ツィツィーリエ！　こっちはローニャお姉ちゃんです！

——さっきはあぶないところ、ご、ご指導ありがとうございました！

ローニャは恐縮して頭をさげる。

——指導ってわかってもらえてうれしいよ。

——アオさんですよね？　アメイジア史上最高のドリフターの……！

アオの困った顔が目に浮かぶようだった。アオは最近そのように呼ばれているが、まったくうれしいと思っていないのだ。

——あなたたち、どこのドリフター？

アオは話を切り替えることにしたらしい。

姉のローニャが答える。

——〈イーストクリフ〉っていうコミュニティから来たんです。最近この子とふたりでドリフターになったばかりで……。

——ああ、あそこ。次からは他のチームに入れてもらったほうがいいよ。

——頼んだんですけど、足手まといはいらないって言われちゃって。

ローニャが気弱につぶやく。

アオは肩をすくめる。

——だからといってふたりだけで出たら危なすぎる。他のコミュニティのチームと組んだっていいんだよ。そのへんもっと自由にやらないと。ちゃんとベテランの人に教わりな。

——じゃあ、おねえさんが教えてよ！　天才の技術、しりたい！

そう言うツィツィーリエをローニャがたしなめたが、アオは少しだけ考えて、

——いいよ。今からやろう。

姉妹はその即断に驚いたようだ。

アオはためしに基礎的な攻撃や退避を実際にやって見せて、いっしょに練習もしたのだが、姉妹ともなかなかに飲み込みが悪い。

そうこうするうちに曇り空はみるみる暗くなり、雨が強くなってきたので切り上げることにした。

——嵐が来そう。じゃあ、またね。

そこで切りあげると、姉妹はクレイドルの手を振りながら帰っていった。

アオのため息が聞こえてきた。

——危なっかしい子たち。

「ほんと、おせっかいなんだから。はやく帰ってきて」

——はいはい。やきもち焼かないの。

「アオのばかあ！」

3　異変

アオ機が帰還して、天蓋外縁部のクレイドル用エレベーターに入ったそのとき、部屋にいたエリスは鋭い衝撃を感じた。

「アオ！　そっちも揺れた？」

――うん。地震かな、めずらしい。

アオとエリスの元にメッセージが届いた。アメイジア政府からだった。

異常振動が観測されたため、巨大ＡＯ結晶制御室に集合せよ。マップもついていた。

制御室は巨大ＡＯ結晶の直上に位置する宙吊りの施設だ。

そこには、エリスとアオの母たちエウディアとアメがつくったＯＩ〈ルーツ〉が置かれている。大穴の半分を占める巨大ＡＯ結晶は、莫大《ばくだい》なエネルギーをもつＡＯ波をつねに放出している。その光量は本来不安定だが、ＯＩが算出する精緻な予測によって管理されていた。

天蓋をつくった祖母たち、ＯＩをつくった母たち――それにつづく第三の世代として、エリスもアオもこどものころから、明に暗に圧力を感じていた。

「制御室？　遠いなー」

他人事《ひとごと》のようなエリスの反応に、アオはかえって心配になる。

——気をつけて。わたしもすぐ行くから。

その時、さきほどよりも強い衝撃波がふたりを襲う。

「何これ!!」

——まずい気がする。

エリスはあわてて端末を開く。データネットワークには、すでに様々なコメントがアップされていた。どうせただの地震だとか、巨大ＡＯ結晶が不安定なのではとか、ついに終末の日が来たとか。

だがまだ多くの人が本格的な避難をせずに、その場にとどまっているらしい。

「ひょっとして、上級市民だけに避難指示を出しているのかな」

——それはわからないけど、イヤな予感はする。

4　再会の夜

エリスの部屋から制御室へと向かうためには、上級市民区画の中央を通る必要があった。

しかしエリスがすれ違った人々は、誰も避難していないようだった。見知った特別上級市民もいる。

「私たちだけ……?」

そこは直径百メートル超の、まっ白い大きなドーム状の空間だった。円形の床の中央に、一辺一メートルほどの立方体がある。

うしろから声をかけられた。

エリスの祖母エオーナと母エウディアが入ってきたところだった。

エオーナはかつて当代随一のドリフターとして活躍したが、九十八歳となった今、車椅子にのっている。

エウディアは、エリスの手首の端末に気づいたらしく、

「こんなときに撮影するつもり？」

エリスは肩をすくめる。小言を言われるたび、早く立派な配信者になってやろうという気持ちになる。母が望んでいるのと真逆なのはわかっているけれど。

エオーナに呼ばれ、エリスはそのしわだらけの手をにぎった。おばあちゃんのことはだいすきだ。

「そのカメラ、新型かい？　かっこいいね」

「でしょう。こっちはマイクだよ」

エリスはピアス型の端末を得意げにちらっと見せる。

エウディアは自分の母親にあきれる。

「もう。甘いんだから」

しばらくしてやってきたのは、アオの祖母アサと、母アメだった。

エオーナの一歳年下である九十七歳のアサは、杖こそついているが自分の足で立っていた。

格納庫に入ったはずのアオだけがまだ来ない。

母同士、祖母同士で話がはじまった。

手持ち無沙汰のエリスは、やっとアオが到着すると助かったとばかりに駆け寄った。

「アオ！　おばあちゃんたちが……」

「どういうこと？　ここにいるのはわたしたちの家族だけ？」

どちらの父も祖父もすでにない。二家族三世代の六人が輪をえがくように向き合う。

「この六人で会うのははじめてですわ」

四十五歳のアメは、相変わらず溌剌《はつらつ》として言う。

「そうかもしれないね」

と、七十四歳のエウディアが意外そうに頷《うなず》く。

せっかくひさしぶりに会えたのに不安な状況で、アオとアサは思わず身を寄せあった。そこにアメも抱きついていった。アオたちの家族は、みんな仲良しなのだ。

エリスはそれを見ながら、別にくやしいわけではないのだけれど、もやもやしたものを感じてしまう。

「わたしたちだけなのかねえ、アオ」

全員の疑問を代表するかのようにアサがつぶやいたとき、中央に置かれた巨大な立方体から声が聞こえはじめた。

5　勘について

《ここにはみなさま六人だけをお呼びしました》
エリスがＯＩに歩み寄ろうとしたが、母に止められてしまう。
ＯＩについては、開発者であり、今やアメイジアの理系機関を総括する立場になったアメに判断してもらうべきだからだ。
アメは、エリスが初めて会ったときと変わらない白衣姿でＯＩに語りかける。
「ルーツ、お話しするのは久しぶりですわね」
《はい、アメ。私の名付け親――》
「この衝撃とさきほどの電力の不安定化……、巨大ＡＯ結晶に問題が起きているんですの？」
《巨大ＡＯ結晶の内奥《ないおう》で、これまでにない流体反応が起きています》
「抑え込めませんの？　あなたのことだから、もうとっくに試しているんでしょうけれど」
《はい、結晶全体に逆位相の疑似ＡＯ波を照射していますが、これまでのような冷却効果が得られていません。巨大ＡＯ結晶は暴走していると言ってよいでしょう》
「原因の推定もしたんですわね？」
《現在地上において接近中の巨大な嵐と関係があるように思われます。この規模の嵐はアメイ

ジア史上、最大のものです》

「ちょっと待った。思われるって言った?」

エリスはルーツに噛《か》みついた。

《恐縮ですが勘《かん》ということです。根拠は希薄です》

「勘って!」

しかしエリスにはその勘がどれほど稀有《けう》なものなのか理解できない。

アメが説明してくれた。

アメイジアAIはますます発展して——AI研究者たちの希望的予想では——二十一世紀終盤の、〈新月の涙〉以前の技術水準まで達している。しかしそのAIたちは、ルーツのように勘を持ち合わせてはいない。AIにとってすべての思考は明晰《めいせき》なものであって、適当に、ぼんやり、投げやりに考えることは不可能なのだ。

もちろん勘に似たものを人間がプログラムとして組み込むことは可能だ。だが、それが本当に勘なのかどうか人間にはわからないし、当のAI自身もそのような自己判断はできない。

ルーツにはそれらAIを超えるものが備わっていた。魂のようなもの、と表現するしかない、という。

《なにか悪いことが起きそうな気がするのです。そのために——》

ルーツが言い終える前に、上のほうからの爆発音に中断された。

《ただいま天蓋周縁北部の雨水処理場が大量のエンダーズによって破壊されました。アオ、行

ってもらえますか。他のドリフターにも連絡中です》

言われるまでもない、とばかりにアオは扉に向かう。

しかし大量のエンダーズと聞いて、エリスは動転した。

「行っちゃだめ！　何度も心配させないで！」

「いつだって帰ってきてるでしょ。通信回線はつないでおくし」

アオは黒髪をかきあげて、エリスとは違う形のピアス型通信端末を見せた。

エウディアもアオを追うように扉へ向かう。

「お母さん⁉」

エリスは叫ぶ。

「私も現役のドリフターだからね」

「現役って……！」

もう何年も乗っていないのにとエリスは思う。でも、この母には何を言ったって無駄だ。

「ルーツ、うちの子に変なことを言わないでね」

エウディアはそう言い残して、出て行った。

昔のことをあれこれ勝手に言われては困るということだろうか。母とエリスの間にはすこし距離があるのだ。

《本当は六人にお願いしたかったのですが――今いらっしゃる四人のみなさま、私に触れてください》

四人が四方から立方体を囲むと、上面全体にモザイク状の凹凸《おうとつ》が浮かび上り、激しく振動しはじめた。

「モザイク病みたいだね」

「そうだね」

祖母ふたりが、まるで懐かしむかのように、その様子を見つめている。

「私、モザイク病って見たことない」

エリスがつぶやくと、アメも同意した。ふたりだけがアメイジア市民のなかで特別なわけではない。祖母たち世代と違って、現在の市民の九十九パーセントは一生涯アメイジアから出ることがなく、それゆえ青い雨から逃げた経験もなかったのだ。

しばらくして、立方体の上面に小さな黒点が現れ、直後に大きな穴となった。

中には透明な球体が見える。

《おひとりずつ、私の表面に触れてください。遺伝子を採取します》

6　世代

「遺伝子⁉」

　不安がるエリスを見て、アメがルーツの補足をする。

「ルーツにはわたくしとエウディアの脳細胞が使われていますわ。わたくしたち世代間での遺伝的な変化を知りたいのではないかしら」

《おっしゃるとおりですが、以前採取したあなたとエウディアの脳細胞も、すでに私の一部になりきっています。またあらためて採取させていただく必要があるのです》

「あら、それならさっきエウディアとアオのぶんももらっておけばよかったですわ」

　アメが球体表面に手を置いた。

《それもまた運命なのかもしれません》

　思いがけない言葉が出たことに、エリスは驚いた。

「運命だなんて。人間みたいなこと言うのね」

《ええ。私は限りなく人間に近い存在ですから》

　エリスはしげしげと巨大な立方体を見つめる。

「どうぞですわ、お母さまたち」

　エオーナとアサがしわしわの手で球体をなでる。

《……なるほど。私の仮説が正しかったようです。さあ、エリスも》

　最後にエリスが触れる。

　かすかに電気が流れるような刺激があって、ぱっと手をはなした。

「さあ、仮説を教えて」

というアメの問いに、

《ご存じのとおり、私は三つの要素からできています……あなたの脳細胞、エウディアの脳細胞、そして特殊エンダーズ〈テンペスト〉のコアの欠片《かけら》です》

エリスも知ってはいたが、あらためて言葉にされると頭は疑問符でいっぱいになった。一体どうしたら、そんな融合が可能なのか？

《今回の巨大AO結晶の暴走によって、この三番目の要素が先ほどから、そして今も、巨大AO結晶と共鳴しています。事ここにいたり、私ははじめて自らを分析する必要にせまられました。その結果、私のエンダーズコア区画にあなたたちふたつの家族に似た遺伝子が混入していることがわかったのです》

エリスにはその話が冗談にしか聞こえなかった。

「何を言っているの？　なんでエンダーズに私たちの遺伝子が？　勘じゃなくて勘違いなんじゃないの」

祖母たちが怪訝《けげん》そうに顔を見合わせる。

「エンダーズが人を食べたり取り込んだりしたということ？　聞いたことないね」

「そうだね」

《エオーナ、アサ、あなたたちがテンペストからエウディアを救ったのです。そのとき私の身体の一部であるエンダーズコアの欠片を入手されたのです。たしかにエンダーズが人間を取り

込むことはきわめて稀《まれ》ではありますが、あなたがたはそのレアケースに直面した当事者なのです》

エオーナとアサは、すっかり自分たちの武勇伝を忘れてしまったのか、けたけたと笑う。

「あらあら。そうだったかね」

「わたしたちもやるじゃないか」

再びアメが話を続ける。

「でしたらエウディアの遺伝子ですわ。そのときにわたくしの母の髪の毛か何かがいっしょに取り込まれたのでしょう。それなら特に不思議ではないですわ」

《その可能性は私も考えました。しかしそうではなかったのです。結論を申しますと、私の――テンペストのコアに含まれているのは、エオーナの母親とアサの母親、ふたりぶんの遺伝子です》

四人にはなんのことかさっぱりだ。

エリスがルーツに問う。

「つまり、私にとってのひいおばあちゃんってこと?」

《まったくそのとおりです》

アメも考え込んでいる。

「わたくしのおばあさま? 会ったことはないですわ。確か母もエオーナさんも、幼い頃に孤児になったはず。名前もわからないと聞いています」

エオーナとアサは百年前を思い出そうとしているようだった。

「私たちが幼かった頃は親がいなくて大変だったんだ」

「そうだったね。今はこんなかわいい孫もおって幸せだね」

「おばあちゃんたち……！」

エリスは、ここにいないアオの気持ちもこめて、おばあちゃんたちに思いっきり抱きついた。

パンケーキみたいなとてもいい匂いがした。

ずっと考え込んでいたアメが口をひらく。

「ルーツ、それはどのくらい確かなことなの？　そしてそこから導かれることは？」

《確からしさについては、かなり高いものだと思われます。ただ、さまざまな仮説を立てられるのですが、確定的なものはなにもありません》

「そんなの！　仮説なんて考えるまでもないでしょ！」

エリスの大声に、祖母たちもアメも驚く。

「エリスちゃん、どうしたの」

「なにかわかったんかね？」

「エリス？」と、アメ。

エリスは、三人に向かって叫ぶ。

「私たち家族は！　名前もわかんないひいおばあちゃんのころから！　友だちだったってことでしょ！」

はじめきょとんとしていた三人だったが、まずは祖母たちが、それからアメが理解した。
エリスとアオは――ふたりの曾祖母《そうそぼ》から数えて――四世代目であり、ふたつの家族は百二十一年前の〈新月の涙〉を超えて出会っていたのだ。

7 解《かい》

地上では圧倒的な数のエンダーズに対してドリフターたちが苦戦を強いられていた。

一機、また一機とクレイドルが倒れ、機能停止していく様子がわかる。

アオが声をはる。

――まだ動ける人はアメイジアに戻って！　軍に救援を要請して！　それまではわたしが食い止める！

――了解、ねえさん！

アオは仲間たちが退避したのを確認してから、エウディアに声をかけた。

――はやく安全なところまで後退して！

――いや。アオを一人にしたらエリスに死ぬまで恨まれるよ。私は平凡なドリフターだけど、死なない技術だけはあるからね。

劣勢なのを忘れてしまうほど、エウディアの言葉は心強かった。

だがそのたった数分後に、アオとエウディアは天蓋の縁にまで押し込まれてしまった。

エリスのもとに、アオから通信が入った。

ピアス型端末に神経を集中する。

——母さんはいる？

「今みんなに聞こえるようにする」

——天蓋の上はわたしとエウディアさんの二機だけになってる。軍に救援要請がいってるはずなんだけど、まだ来ないの。母さんからも言ってくれない？

エリスの体から血の気がひいた。

アメが応えようとしたとき、ルーツが割って入った。

《残念ながらアメイジア軍のクレイドル部隊は現在、巨大ＡＯ結晶の暴走対応にあたっていて、全機出撃不可能です。アオとエウディアの機体以外の戦闘用クレイドルは中破ないし大破しており、アメイジア内に戻ったドリフターも再出撃不能です》

「そんな……。アオ……！」

エリスはピアスをにぎりしめる。

駆けよってきたアメが娘に告げた。

「アオ、わたくしのアオ——巨大ＡＯ結晶が暴走すれば、アメイジアそのものが終わってしまいます。あなたはあなたの解を見つけて生き延びるんですわ！」

——わたし、母さんみたいな数学師じゃない！

そのとき、かつてない衝撃波がドーム全体を襲った。

下から突き上げられて、四人の身体は一瞬浮かんで、床に叩きつけられた。

天井にも大きな亀裂が走り、重い建材がいくつも落ちてくるのが見えた。照明が落ちた。

8　闇

うずくまっていたエリスは、恐る恐る顔をあげた。

ドームは暗いものの、立方体がぼんやりとオレンジ色に発光し、その周囲の様子だけはなんとかわかる。

「エオーナおばあちゃん！　アサおばあちゃん！　アメさん！」

だが、誰からも返事はない。

「ルーツ⁉　壊れちゃった⁉」

エリスの端末にノイズが走ったかと思うと、すぐに声が聞こえてきた。

《……私は限りなく人間に近い存在ですので、壊れるというより死ぬというほうが適切でしょう》

「それはわかったから！　生きてるってことね⁉　おばあちゃんたちは……」

《それは私にもわかりません。まずはご自分の身体の安全を確認することを推奨します》

「推奨されなくったってやるよ！」

エリスはよろよろと立ち上がる。身体の節々が痛いものの、骨折などはないようだ。

瓦礫が床全面に広がっているようだった。

みんなそばにいたはずだ。

おどろいたことに、立方体は真っ二つに割れてしまっていた。

「ルーツ、本当に大丈夫⁉」

《大丈夫です。破壊されたのは計算補助やバックアップだけです》

「バックアップないとやばいと思うけど――あ！」

カメラのフラッシュを向けると、瓦礫のすきまに誰かの頭頂部が見えた。粉塵で真っ白になっていたが、瓦礫を押しのけていくと横顔が現れた。

「アメさん！」

エリスは懸命にアメを掘り出していく。上半身を出したところで、しかしエリスの手は止まってしまう。そして震え出す。

「頭から血……！」

《救急スタッフに連絡しました。そのままにして、さわらないように》

エリスは泣きそうになりながら立ち上がった。両脚はがたがたと震えている。アオはエンダーズの大群を相手に孤軍奮闘しているというのに、自分はなんて弱いんだろう。

と、かすかなうめき声に気づいた。下からは爆発音もするけれど確かに聞こえたのだ。

「おばあちゃんたち！」

《あなたのその耳の良さは、あなたの曾祖母、そして祖母エオーナ、母エウディアに代々受け継がれてきたものです》

テンペストがとりこんだ遺伝子情報から、このようなことまでルーツは把握している。

「そんなこと今どうでもいいよ！　ばかあ！　おばあちゃん！」

声のしたほうに、エオーナとアサが倒れていた。幸い大きな怪我もないようだ。

「誰か呼んでくる！」

救急スタッフの到着を待ちきれず、あてもなく部屋を飛び出そうとした。

《エリス！》

ルーツが大きな声を出した。

「なに⁉　びっくりするじゃん、そんな大声が出せたの？」

《アメイジア内は状況確認ができず、危険です。辛抱強くお待ちください》

エリスを落ち着かせるように、ルーツはまた淡々としたトーンに戻った。

「そうだ、アオ！　――アオ‼　返事してよ‼」

しかしアオとの回線は切れていた。ふたりで設置したアンテナのどれかが壊れてしまったのだろうか。

《アオはいま善戦しています》

「エンダーズは？　減った？」
《残念ながら増え続けています。さらに悪いことに、嵐が天蓋のすぐそばに迫っています》
「みんなを助けてよ‼　ＡＩよりも賢いＯＩなんでしょ⁉」
《……少々危険な作戦なら》
「そんなの！　何でもやるから！」

アオ機は活動限界を迎えていた。弾薬は尽き、ＡＯ炉も空《から》っぽだ。

この状況でレーダーモニターに新しい光点が表われた。アオ機のうしろ、天蓋の上だ。

ついに天蓋に到達されたかと、アオは現地に急加速する。

だが、そこにあったのは地下から上がってきたクレイドル用エレベーターであり、その中にいたのはエンダーズではなく、ひとりの人間だった。

「誰？」

アオは外部スピーカーで呼びかける。

するとコクピットのスピーカーから、アオがよく知っている泣き声が聞こえてきた。

「エリス……‼」

――ううう……。来た……。

第八章　共鳴《シンクロ》する双対性《デュアリティ》　アオ／２２２０年

1　顕現《けんげん》

その嵐はひとつの都市のようだった。

都市は繁栄しつづけている。アメイジアの直径二キロメートルの天蓋《てんがい》に寄り添うように、その勢力をいや増していた。

アオは最高速度でエリスに向かった。嵐の中から不意に現れる小型エンダーズたちを一太刀《ひとたち》でなぎ払い、ライフルで撃ち抜く。

「何やってるの、エリス！」

――だって！　ＯＩ《ルーツ》が連れてけって。

モニターに映ったエリスは両手で透明な球体を抱えている。

「それ、ＯＩ？　持ってきたの？　いや、それはいいや。わたしがそっちに行くまで、動かないで。――エウディアさんも合流して！」

――了解した。

エウディアは決してエンダーズとの戦いを得意とはしてこなかったけれど、経歴は長く、現役のドリフターたちの中では最上位の戦闘技術を有している。アオが切り開いたエンダーズたちの空隙《くうげき》に、難なく自らのクレイドルを持ってきた。

アオ機とエウディア機は、エリスをぎりぎり挟むようにクレイドル用エレベーターにすべりこみ、二機で強引に扉を閉じた。

直後、分厚い扉ががんがんと鳴りはじめた。エンダーズがついにここまで追ってきたのだ。

アオがハッチから顔を出す。

エリスが泣きじゃくっているのを見て、アオは怒る気をなくしてしまった。

「エレベーター、よく動かせたね」

「ルーツが動かしたから……」

「なるほどね。じゃあエリスはすぐ降りて、部屋に戻ってて」

「アオはどうするの⁉」

「わたしはここで補給して、天蓋に戻る」

エレベーター内には緊急時用の武器弾薬が数機分常備されている。

「私もいっしょに行く！　制御室の中も、もうめちゃくちゃだし！」

「どういうこと？　みんなは無事⁉」

「うん、ルーツが救急スタッフ呼んでくれた……」

エリスはむせび泣きつづけている。

「――エウディアさん、エリスと下へ。あとはわたしだけでなんとかします。――〝最高のドリフターは死なない〟、ですよね」

エリスの祖母も母も生き延びている。ふたりともアオが尊敬するドリフターだ。

しかし死なないという確証はない。あと何体いるのかわからないエンダーズを相手に、この嵐を生き抜くことができるのか。

「アオ！　私このまま帰ったら、きっと死んじゃうから！　たぶんどこかで転んで、頭を打って……ばかあ！」

エリスはアオを内省《ないせい》から現実へと引き戻そうとして、わざと駄々っ子のように大声をあげる。

エウディアもハッチを開けて、

「アオ、私もお前を置いて帰ることなんてできない。そんなことをして、どんな顔をしてお前の母親に会うのか想像もつかないよ。それにお前は私にとっても娘みたいなものだ」

アオに迷いが生じ、エリスはもう一押しだと、さらに駄々をこねた。

「そこに乗せてよ！　そこが！　アオのそばが世界で一番安全なの！」

そのときコクピットの床に転がしていたルーツが三人の端末に話しかけてきた。

《……エリス、私も連れて行ってください》

「あなたは体がないんだから、通信でつながっていれば十分なのでは？」

エウディアの反発に、しかしルーツはしばし考えて、

《エウディア、あなたは私の基礎となる数学書を手に入れたあの遠征のときに、テンペストを見たはずです。今アメイジアに迫っているこの嵐の中心には、テンペストがいるのです》

――あの特殊型か……。

《私に触れてください、エウディア。あなたとアオが触ってくれれば、おそらく私は武器になることができます》

――武器だって？

《あと少しでテンペストの言葉がわかりそうなのです》

エウディアはふっと息をはいて、

「いいだろう。――エリス、こっちへ」

エウディアがマニピュレーターを機体の足元にいるエリスに近づける。

エリスはむすっとしながら、球体のルーツを抱えたまま、エウディア機の手のひらに乗った。すうっとマニピュレーターが動いて、コクピットハッチまで運ばれていく。

エリスは両手で持ったルーツを母に差し出した。エウディアは手を伸ばすが、しかしその手はルーツではなく娘の手に重ねられた。

エリスは驚いた。

「エリス、絶対に生き延びて」

「わかってるって……。早く触りなよ」

恥ずかしさから顔をそむけるエリスにふっと優しいまなざしを向けてから、ルーツの表面に触れた。

《ありがとうエウディア。――エリス、あなたの母親は命をかけてあなたを出産したのです。あなたの父親はあなたが生まれる一週間前にエンダーズとの戦闘で命を落としています》

「ちょっ。何をいきなり言い出して！　ルーツ！」

エウディアが声を荒らげて止めようとする。

しかしルーツは語りつづけた。

《私の三分の一はエウディア、あなたです。あなたたち母娘《ははこ》の和解は、私の望みでもあります。……エリスは父のことを教えてもらえないことで、エウディアと距離を感じているのです。そして、それによってエウディアはますますエリスと話せなくなっています》

エリスが赤面してルーツに叫ぶ。

「ちょ、ちょ、ちょっと！　なに冷静に分析しちゃってるの？　いかにも正解っぽいし！」

「まいったな、ルーツ。さすが私の三分の一」

「……お母さん、帰ったらちゃんと話きかせてよね」

「わかったよ。だからふたりとも、死ぬなよ」

困惑してはいたものの、エリスはなぜかすがすがしかった。

エウディアはＡＯ結晶の移し替えを完了させた。

エリスはルーツを抱え、今度はアオ機のマニピュレーターで運ばれて、アオに向かって飛び降りた。

アオは、エリスの細い腰を抱きかかえて、そのまま後部座席に下ろした。

「もう、エリス、こんなところまで来ちゃって……」

アオはため息をつき、ただ受けいれるしかなかった。

人間たちの複雑な心境が安定したことを確認したかのように、ルーツが話しはじめる。
《アオ、最後はあなたの生体情報をいただければと思います。どうぞ、私に触れてください》
アオは恐る恐るルーツの表面に手のひらを置いた。
冷たい機械ではなく熱を帯びており、ふわふわとした感触さえある。
《ありがとうございます。これであなたたち八人の遺伝情報が揃《そろ》いました》
そしてルーツは光り出した。

2　外配信

アオとエウディアはエレベーターの中にある弾薬をありったけ補充し、外へ戻った。

天蓋の上には二十体ものエンダーズがうごめいており、二機はすぐさまとり囲まれた。

アオ機は両手にライフルを持ち、右手のライフルでエンダーズの体軀《たいく》を削りコアを露出させ、左手のライフルでコアを一撃で砕く。いっせいに襲いくる敵を身を急速回転させていなすも、二機を囲む敵の輪は確実に狭くなっていく。

次から次へと、都市のように膨らんだ紫の嵐〈テンペスト〉からエンダーズが湧いて出る。ゆらめく粒子から獣が形成され、群れをなして襲いかかってくるのだ。

エリスはこんなに近くで、しかも肉眼でエンダーズを見るのは初めてだ。脂汗をにじませながら目をみひらき、胸元のカメラを握りしめる。

「ルーツ。あれを倒せば終わるのか？」

アオが問いかける。

《そうです。テンペストの外縁部を削って、私を中心部まで連れて行ってください》

アオはうなずき、操縦桿を握りなおす。

「簡単に言ってくれる」

エリスはシートベルトをしめて、

「私、このこと配信しないと！　ルーツ、通信回線をありったけつなげて！」

《わかりました。――どうぞ》

エリスの手首の端末に、配信画面が表示された。ピアスのマイクを起動して、実況を始める。

「みんな！　天蓋が大変なの！　すごいエンダーズが迫ってて……今たったふたりのドリフターが戦ってるの!!」

配信画面には、なじみの視聴者からのコメントが流れる。

――アメイジアの中が大変なんだけど？

――ただの雨だろ。

――おれ元ドリフターだけど。ドリフターだったらさっさと逃げろよ。

エリスは視聴者のあまりに呑気《のんき》な反応に愕然《がくぜん》としてしまった。

まさか、緊急警告がまだ行き届いていない？　それとも政府があまりにアメイジアが堅牢《けんろう》であることをうたいすぎてきたせいで、危機感がないのか。

「天蓋を壊されて、でっかいエンダーズに突入されたら、アメイジア滅《ほろ》んじゃうよ！　それにドリフターはいつもみんなのことを守ってるでしょ！」

――視聴数が伸びないからってそんな嘘つかれても。

――公共放送は、震源を調査中だって言ってるけど。

エリスは怒りからなのか絶望からなのか、吐きそうになってしまう。

――天蓋さえあれば大丈夫でしょ。壊れるなんてありえない。

情報統制をされている――いや、アメイジア政府はそもそも市民に危険を知らせるつもりはないのか。地下の楽園に、暗いニュースは必要ではないとでも言うつもりか。

視聴者数は少しずつ増えている。面白がっているだけだろうが、それでも減るよりは良い。

エリスはカメラで周囲の様子を映した。

「これは天蓋の上からの映像です。いま、ドリフターがたったふたりで戦ってるんだから！　みんな応援してよ！　ばかあ！」

しかし、当然というべきか、コメントは冷静だった。

凄《すさ》まじい速さでクレイドルが動いているため、動画がぶれてしまっているのだ。

――バカだから何の映像かよくわからん。

「ばかって言ってごめん！」

――ドリフターに仲間意識なんてないだろ。

批判的なコメントが飛びかうが、エリスはめげずに反応をうかがいつづけた。

——天蓋は広い。どこなのか言ってみて？

「アオ！　ここどこ⁉」

「天蓋の西側！」

《アオ、夜明けまであと五十五分です》

「ん？　だから？」

エリスの問いにアオが答える。

「エンダーズは日光をあびると強くなるって話でしょう。わたしが夜のうちにテンペストを倒す！」

3　復活

テンペストが天蓋に近づいてくる。

その足元ではいくつもオレンジ色の光が輝き、それぞれに青い粒子が凝集していく。

アオが倒したエンダーズたちが復活しているのだ。

コアを破壊して倒すことはできる。しかしそれは——ドリフターがこれまでエンダーズと戦って、命と引き換えに知り得たこととしては——一時的にコアの支配力が失われて、エンダーズの身体を構成する無数のブルーシストが分散しただけに過ぎない。

ドリフターは、あるいは人類は、いまだブルーシストそのものを打ち砕くことはできていないのだ。しかし——

「復活のペースが速すぎる……！」

エウディアから通信が入る。

——テンペストの影響か？

「それか、このエンダーズたち全部がテンペストか、です……！」

エンダーズの一群が、さきほどのエレベーターに高速で向かっている。

「エウディアさん、お願いして良いですか？」

——ああ、あれくらい私がやらないとな。

アオとエウディアが二手に分かれた直後、テンペストの中心から、枝分かれした細い——といってもクレイドルをひと呑みにしてしまう大きさの——紫の竜巻が鋭く伸びてくる。

アオはダッシュ用のスラスターをふかし、押しつぶされる直前ですり抜けた。

そのとき回線にノイズが走った。

——……ました！

——遅くなってごめんなさい！

エリスは一度聞いた声を忘れなかった。

「ローニャ！　ツィツィーリエ！」

「あのふたり⁉　どこにいる？」
アオの問いに元気な声が返ってくる。
――えっと、たぶんこのでっかいやつの反対側だと思います！
「ツィツィーリエか！」とアオ。
――です！　微力ながら助太刀に来ました！
「もしかして配信見たの？」とエリス。
――こちらローニャです！　はい、いきなり映って！
エリスは両手に抱えたルーツに話しかける。
「あなたのしわざ？」
《微力ながら》
アオが操縦桿《そうじゅうかん》を握り直す。

4　決戦

アオは撤退したクレイドルが落としたライフルを拾いつつ、テンペストから距離をとる。

エリスが膝の上のルーツに話しかける。

「地上のドリフターにもつなげてくれたんだね」

《ありったけと言われましたので》

その言葉でアオがひらめく。

「ふたりに手伝ってほしいんだ」

──そのために来たんで！

──ええ、言ってください！

「ありがとう。わたしはあの嵐型のエンダーズ〈テンペスト〉に接近して、グレネード弾をありったけ嵐の外縁部に流し込む。ローニャ、グレネード弾があなたのほうに流れていくはずだから、それを一発でもいいから狙撃して。ツィツィーリエはわたしと一緒に、爆撃のすきまをブレードで切り裂いて広げて。そうしたらわたしが中に入って、コアをたたき斬る！」

──了解《コピー》！

姉妹が仲良く声をそろえて返答する。

テンペストはいまや複数の竜巻が絡まりあい、巨大な一体の竜になっていた。その頭部が牙をむいてアオに襲いかかる。

アオは竜の口にとびこんだ。クレイドルの左腕をその胴体につっこんで、テンペストの体内にグレネード弾を流し込む。

紫の暴風がアオ機を揺らす。その衝撃で左腕は肩関節部分から先がすべて吹き飛んでしまった。

エリスは失神しそうだった。

「そっちに行くよ！　ローニャ、お願い！」

――うけたまわりました！

ローニャ機はすぐに狙撃にかかる。

レーダーが自動で照準をつけてくれているはずだが、機体のゆれや、わずかな誤差が邪魔をする。不規則なテンペストの流動によって、何発打っても当たらない。

そのあいだにも小型エンダーズは復活し、あるいは新たに生まれてくる。

――ごめんなさい！

アオはローニャを落ちつかせようと静かに語りかける。

「あやまることなんてない。……どんなに不規則に見えても、世界はひとつにつながっている。ほんの少しだけ未来を見て。きっと命中するから」

――やってみます……！

――お姉ちゃんならできるよ!!

ローニャ機はライフルを構えなおし、一度だけトリガーをひいた。銃口から一直線に弾丸が飛び、グレネード弾に命中した。

周辺に流れていたグレネード弾も誘爆する。そして竜のような胴体に、大きな傷が生じた。

風に流されていく紫の傷をツィツィーリエが追いかける。

――いっくよー！

ツィツィーリエ機は傷に近づいて、二刀を力まかせにふりまわす。雑だったとはいえ、効果はあった。傷は広がり、深くなっていく。

「ありがとう！　ふたりは退避を！　わたしが倒してくる！」

——えー⁉

——ツィツィーリエ！　アオさんの言うとおりに！

進んでいたアオは、ツィツィーリエが広げた傷を大きく、深く斬りさいた。

アオ機はそのままテンペストの内部に吸いこまれた。

5　ささやかな遺産

テンペストの内部空間は、紫色の竜巻に包まれた広大な空洞だった。

アオ機はすぐに姿勢を立て直して、紫の流れに乗って——あるいは流されて——空洞の中をめぐっていく。

「広いな」

「空間が歪《ゆが》んでるみたい……。アオ、どうするの？」

「決まってる！　コアを見つけて斬るだけ‼」

しかし内部はＡＯ波が過剰に乱反射しており、コアの場所は特定できない。

外部との通信もすべて途切れてしまっていた。

紫色の嵐の中で、ゆりかご《クレイドル》に包まれて、アオたちはなんとか存在を保っている。

エリスが耳をすました。左上からなにか音が聞こえた。

そのことを告げると、アオはその方向に機体を旋回させて目をこらした。紫色の流れの奥に、動かない一点があった。

《アオのその視力と、エリスの聴力は、ともに曾祖母《そうそぼ》から受け継がれたものです》

アオ機は流れに乗りながら、その一点ににじり寄っていく。

覚醒したアオは片腕のクレイドルを自らの身体のように操って、その不動の一点にブレードを突き立てた。

激しい衝撃とともに、コアを包む球状の領域が顕現した。かえるの卵のように、中央に丸い核があり、そのまわりを〈光膜《こうまく》〉が覆っている。

光膜に突き立てたブレードを支点にしてクレイドルはその場にとどまり続けているが、流れは激しいままで、たちまち呑み込まれてしまいそうだ。

ルーツが話しかけてきた。

《連れてきてくれてありがとうございます。私をあの核に接触させてください》

「どうやって!」

アオは操縦で手一杯だ。

《——エリス、あなたが行ってください。私がいっしょなら、あの中を歩けるはずです》

エリスは息を呑んだが、決死の表情でうなずいた。

ハッチがひらき、暴風の中、エリスが顔だけ出すがたちまち吹き飛ばされそうになる。あわててコクピットの中に戻って、

「こんなのムリじゃん！」

光膜にたどりつくためには、ルーツを抱えたままクレイドルの腕の上を這っていかなければならない。

エリスが叫ぶ。

――ルーツ!!　あなたをテンペストにくっつけたら、何が起こるっていうの!?

《私はテンペストの再生を止めることができると思います》

「思います!?」

しかしルーツは淡々と続ける。

《それでもなおこの嵐を食い止められるとしたら奇跡のようなものなのです。それは、あなたたちの曾祖母から繋《つな》げてきた奇跡なのです》

――〝奇跡〟ってなんのこと？

「エリス……！　ごめん、そろそろ限界っぽい」

「うう……行く！」

エリスは再びハッチを開けて、クレイドルの上を移動していく。

《テンペストに対して私がアクセス可能なのは、あなたたちの曾祖母の血液が混じり込んでいるからに他なりません。そしてあなたたちの祖母が天蓋をつくり、テンペストのコアに傷をつ

けました》

光膜は呼吸をするように、収縮を続けている。

エリスはその間をかきわけ、ついに領域の中にころがりこんだ。

ルーツが言ったとおり、そこは歩くことができた。とはいえ圧力は強く、エリスは息もできないが、それでも一歩一歩進んでいく。

近づくにつれて、ルーツの表面が激しく反応しはじめた。

エリスは必死にルーツをコアに接触させた。

《そしてあなたたちの母親ふたりが失われた数学を蘇《よみがえ》らせ、テンペストのコアを使って私をつくりだしました。テンペストがあなたたちの曾祖母の遺伝子を取り込み、おそらく人間を知ろうとしたのと同じように――テンペストは私の一部であり、私はテンペストの一部なのです》

そしてルーツはコアの中にとぷんと呑み込まれてしまった。

ルーツという支点を失って、エリスは弾き飛ばされる。コアはばちばちと火花をちらしはじめていた。エリスはコクピットまで引き返す。

ルーツの声だけがとどいた。

《今度はあなたたちの世代の番です。アオ、今ならコアまでその刃が届くはずです。――エリス、ここまで一緒にいてくれてありがとう》

アオ機が流れの中で流れを蹴った。コアにクレイドルの刃を突き立てる。そのまま薙《な》ぎ払ったブレードを手放して、代わりにエリスを捕まえる。ハッチが閉まった直後、たちまちコアとアオ機は流されていく。

異様な流れに、アオの背に違和感が走った。

コアの表面にはルーツが半分ほど埋まっていて融合しているようだ。

テンペストが身体を悶《もだ》えさせるのがわかる。

コアとの距離がわずかに近づく。ルーツはその瞬間を繊細に感じとったのか――あるいは勘《かん》によって察知したのか――アオに呼びかけた。

《今です！》

「今って、いつ？」

エリスには、まだコアははるか遠くにあるように見える。

しかしアオは操縦桿を強く握った。

――いつだって今だから！

ブレードは軌跡を描き、テンペストのコアを真っ二つにした。

6　夜明けの歌

大量のブルーシストとともに、アオ機はテンペストから吐き出され、天蓋に叩きつけられた。

二機のクレイドルがアオ機を抱えあげ、乾いた天蓋の上まで連れてくる。

――アオさん、聞こえますか⁉

地上のドリフター姉妹だった。アオはうっすらと目をあけた。モニターごしに夜空が見える。さっきまで吹き荒れていた風の音もなく静かだ。

「ふたりとも……よく生き延びてくれたね。本当によかった。でも、どうやって……」

アオは心底ほっとした。無我夢中だったとはいえ、素人同然のこどもにあんな無茶をさせたなんて。

別の声がわりこんでくる。エウディアだ。

――アオが先生についてくれたならすぐに良いドリフターになるだろう。

「エウディアさん！　……そうか、ふたりを助けてくれたんですね！」

――こちらこそ、うちの子とアメイジアを守ってくれてありがとう。

エウディアは小さく言った。

後部座席のエリスはよろよろと身を起こしてモニターを確認する。

「テンペストは……？　母さんとツィツィーリエたちで倒したの？」

――アオが倒したんだろ？

「いえ、エリスが……みんながいたからです」

しばらくして、クレイドルが何十機も集まってきた。アメイジア軍もいれば、地上のクレイドルもある。

共通回線に通信が入る。アメイジア軍のクレイドル部隊の隊長だ。

——遅くなって申し訳ありません。私たちにできることがあればご指示を。

「アメイジアは⁉　どうなったの⁉」

アオにかわってエリスが通信で訊《き》く。

——巨大AO結晶の暴走はおさまりました。

「ルーツがテンペストを止めてくれたから……」

エリスが寂しそうにつぶやく。

部隊長が司令を出した。

——総員、まずは負傷者の救助を。それから天蓋の点検だ。


もうすぐ陽がのぼる。

みんなが散開していく。

アオ機はほとんど身動きがとれずその場に膝をついてしまう。

「ちょっと、みんないなくなっちゃったじゃん。私たちを放置して」

エリスが頰《ほお》をふくらます。

「いいよ。わたし装甲の検査したいから。エリスも外、出てみる？」

「えー⁉」

アオがハッチを開けると、すっかり空は晴れている。

「あれ？　私、青空を生《なま》で見るの初めてだ。配信しよ！　みんなー！　終わったよー！」

エリスはカメラを手に腕をぴんと伸ばし、空を背に自撮りを始める。

「わたしはいいから」

「史上最高の天才ドリフターは恥ずかしがりなので、私がふたりぶん歌います！　みんな怖かったと思うけど、もう大丈夫だから」

エリスはすみわたった朝の空の下、発見されたアオ機の腕部に座って、とても静かに歌いはじめた。

アオは検査用のレーザー銃を手に、エリスのそばで休んでいた。

歌声はルーツがつなげたネットワークに乗って、アメイジアにも多くの地上のコミュニティにもひびきわたる。

アオの膝にひとつふたつ水滴が落ちる。

「雨？」

それはアオの瞳からこぼれた涙だった。

歌い終わったエリスが心配する。

「アオ、どうしたの⁉　どこか痛い？」

「違う。わたし、エリスの歌すきだなって思って」

「ちょ……‼」

エリスが赤面していると、手首の端末にはコメントが流れはじめた。

――おれもすき！

――歌姫エリス！

誰が書いたのか、〝歌姫〟という言葉があふれていく。

「よかったな、エリス」

「もう、みんな……」

しかし同じようなコメントが次々に現れる。

――うしろ！

――うしろうしろ！

「い、いうしろって？」

エリスが振り向くと、そこには紫色の塊が、クレイドルと同じぐらいの高さまで盛り上がろうとしている。

アオとエリスは慌ててコクピットに戻ってハッチを閉じる。

「なんで⁉　倒したんじゃないの⁉」

「倒してなかったエンダーズがいたのかも……モニターついた！」

そこに浮かびあがったのは、今まさに生まれつつある小さな竜巻だった。

拡大する。コアの中心部にルーツが見えた。透き通っていたルーツはいまや青いモザイクに覆われている。

「この回復力……信じられない」

そのとき、エリスの端末から声がする。

《テンペストは……私を乗っ取って、再生しようとしています。私を破壊してください》

　エリスとアオは悲痛な声をあげる。

「ルーツ！　わたしもう一回、あなたを避けて斬るから！」

「ひいおばあちゃんから私たちまで、みんな命をかけて！　四代もかけて！　ルーツと引き換えにしないと、たったひとつの嵐も止められないの⁉　こんなの――」

《アオ……大丈夫です。私の本質はアメと教え子たちが〈共鳴型双対性三角圏理論〉としてこの世界に書き出してくれました。エリス……あなたの歌のように、私は永遠にありつづけます》

　ルーツの表面に逆三角形の刻印が浮かぶ。

　ルーツのまわりに紫の粒子が集まり、テンペストのコアが復活していく。

　それを見て、エリスが叫ぶ。

「ひいおばあちゃんたちがテンペストに出会って！」

　操縦桿をにぎりなおしたアオは、空間を斬りさきながら、呑み込まれようとしているルーツに向かう。

「おばあちゃんたちが天蓋をつくって！」

　紫の乱流がふたりを襲う。

「エリスのお母さんは数学書を見つけて！」

「アオのお母さんは理論をつくって！」

「私はアオといっしょに！」

「わたしはエリスとここで！」

「配信して！」

「戦って！」

「ばかみたい！」

「ばかみたい！」

アオはふりかえって、エリスに悲しげな目線を送る。

エリスは泣きそうになりながら、しかし、うなずく。

《あなたたちに会えて、本当によかった。——さようなら》

アオは、再び凝集しつつあるテンペストとともに、ルーツを真横に一刀両断した。

「さよなら、ルーツ」

「さよなら、テンペスト」

7　エアルとアヤ／2221年

アオの背中に生じた違和感は、その後脊髄の損傷と診断された。アオは一年たった今も神経再建手術をうけながら、手元で操縦できる車椅子に乗って、アメイジア内の病院の廊下をすすんでいた。

「はいはい、ちょっと待ってて」

アオは胸元におくるみを巻いていて、その中には小さな赤子がふにふにと動いていた。おなかがすいたようだ。

アオが出産した子だった。名はアヤにした。代々伝わる名付け方を踏襲しなくてもいいとは思ったのだけれど、母が「参考にして」と〝名前候補リスト〟を渡してきた。アオの名を選ぶときに、わざわざまとめたものらしい。アオはその中にアヤという言葉を見つけた。それはアヤから数えて四世代前か五世代前か、それとももっと前の先祖が使っていたかもしれない遙か東方の言語で、美しい彩《いろどり》や文様《もんよう》を意味する言葉らしく、気に入ってしまったのだった。

目当ての病室の前でとまって、

「エリスいる？　わたし」

「入って！」

アオは一日ぶりに会うエリスを見て安堵《あんど》する。

「元気そう」

「どこが！　むちゃくちゃ痛かった！　アオ、全然痛くないって言ってたのに！」

エリスは上半身を起こしたベッドから文句を言う。

アオは笑いながら、

「個人差あるって説明あったでしょ？」

「私のほうがもっと痛くなくてもいいじゃん！」

「はいはい。そろそろわたしたちをその子に紹介して」

エリスは赤子を胸元によせて、

「……アオ、アヤ。この子はエアル。昔の言葉で〝春〟の意味。――エアル、あの人がアオ、私の一番大切な人。アオに抱かれているのがアヤ。きっとあなたの親友になる子だよ」

エリスは今朝出産したばかりなのだった。

母たちと祖母たちはもやってきて、新たなふたりのメンバーを、目を細めて見守っている。

アオは車椅子をベッドによせる。

「――アヤ、エアルと握手してみようか」

「――エアル、アヤに手をのばしてごらん」

エアルとアヤはいっしょうけんめいに手をのばし、ちいさな指をからませて、やわらかくにぎりあった。

8　メイガスとクレイドルコフィン　2222年

さらに一年後――アメイジアのハンガーでエアルがクレイドルに似た〈クレイドルコフィン〉に、アヤが〈メイガス〉――人間そっくりの人型機械《ヒューマノイド》に向き合っていた。
遠くからエリスとアオが見つめている。アオは自分の足で立てるまでに恢復《かいふく》していた。

クレイドルを改良したクレイドルコフィンのそばには、伝説のドリフター、エオーナと、アメイジアの守護天使、アサがいる。エアルとアヤの曾祖母だ。

すでに走ることができるようになったエアルは、曾祖母ふたりに向かって全力で走っていって飛びついた。

「ひいばあちゃ！」

そして人と見紛《みまが》うばかりの人型機械——メイガスのそばでは、トレジャーハンターのエウディアと数学師のアメがメイガスを見つめている。エアルとアヤの祖母であるふたりは、ルーツを開発した経験から、メイガス開発チームにも参加していた。

「ばあちゃ！」

つい先週から走れるようになったアヤが、おばあちゃんふたりのまわりを駆け回っている。

完成したばかりのメイガスの〈エイダ〉が、エアルとアヤに語りかける。

「はじめまして、私はエイダ。人類に寄り添い、ともに成長する存在です」

皮膚も眼球も——すべて人工の生体素材《バイオマテリアル》なのだけれど——人間とまったく変わらない。

「えいだ！」

「こんにちは！」

エイダが微笑《ほほえ》み返して、

「はい。エイダです。こんにちは」

エアルとアヤが、エイダの左手と右手をそれぞれにぎる。

エイダの手はやわらかい。エアルとアヤはふわふわとにぎりかえす。

エリスがアオに話しかける。

「これが新型クレイドルなのね」

「うん。〈クレイドルコフィン〉。あの背中のコフィン部分にメイガスが入って、操縦を手伝ってくれるんだって」

「メイガスってそういうの専用？」

エイダが両手をエアルとアヤとつないだまま、エリスとアオに近づいてきた。

「メイガスは〈人類双対思考型ＡＩ搭載ヒューマノイド〉――人と寄り添う存在です。ドリフターに寄り添うときはコフィンに入りますし、赤ちゃんと遊ぶことも可能です」

エイダの首元には逆三角形の端子が埋め込まれていて、それだけがメイガスであることを示している。それはナブラ――∇――という数学記号で、メイガスがルーツと同様、アメの数学研究所から生まれたことの証左でもある。

エリスは母に話しかける。

「お母さんも手伝ったの？」

「私は何もしてないけど」

今も変わらず白衣をまとっているアメが答えた。

「エウディアには〈メイガス三原則〉を一緒に考えてもらいましたわ」

〈メイガス三原則〉メイガスの行動を規定する三つの原則。メイガスは原理的にこれを遵守する。
①〈契約律〉メイガスは、人ひとりと契約を結ぶ。メイガスの側《がわ》から契約を解除することはできない。
②〈隣人律〉メイガスは、人類の良き隣人として契約者に寄り添う。
③〈成長律〉メイガスは、①②に反さないかぎり、契約者と自らを成長させなければならない。ただし成長の定義は契約者との関係性のなかで常に更新する。

エアルとアヤが、エイダの首の∇《ナブラ》に手を伸ばす。アオがアメから聞くところによれば、記号の名前はエリスたちの祖先が話していたかもしれない言葉で〝竪琴《たてごと》〟を意味しているという。

エイダがやわらかくふたりの手をにぎる。

「これにさわると契約が成立してしまいます。もう少し大きくなってからですね」

「う?」

「う?」

不思議そうな顔のふたりにエイダは語りかける。

「人類双対思考型AI搭載ヒューマノイド〈メイガス〉は、あなたたち――人がよく生きていけるように、人に寄り添います。この∇には、人と世界とメイガスのあいだにあるはずの三つの双対性がうつくしく共鳴するように、という願いがこめられているのです」

エアルとアヤはしばし顔を見合わせていたけれど、ぱっと笑顔になって、

「ちょうちゅい！」

「ちぇい！」

ふたりは楽しそうに叫ぶ。声を出すこと自体が楽しいみたいに。

エイダがしゃがんで、幼子ふたりに微笑みかける。

「はい。双対性です」

エアルとアヤは、エイダといつまでも笑いあった。

世界設定協力：深野祐也（千葉大学園芸学部准教授）

本書は書き下ろしです。

著者紹介　1977年山口県生まれ。東京大学理学部卒、東京藝術大学美術学部卒。2014年、「ランドスケープと夏の定理」で第5回創元SF短編賞を受賞。著書『ランドスケープと夏の定理』『エンタングル：ガール』『不可視都市』『小説 機動戦士ガンダム 水星の魔女』

検印
廃止

はじまりの青
シンデュアリティ：ルーツ

2024年3月15日　初版

著者　高《たか》島《しま》雄《ゆう》哉《や》

原作　MAGUS

発行所　（株）東京創元社
代表者　渋谷健太郎

162-0814/東京都新宿区新小川町1-5
電話　03・3268・8231-営業部
03・3268・8204-編集部
URL　http://www.tsogen.co.jp
DTP　キャップス
晩印刷・本間製本

乱丁・落丁本は、ご面倒ですが小社までご送付ください。送料小社負担にてお取替えいたします。

©MAGUS / ©BNEI　2024
Printed in Japan

ISBN978-4-488-78503-1　C0193

第5回創元SF短編賞受賞作収録

SUMMER THEOREM AND THE COSMIC LANDSCAPE

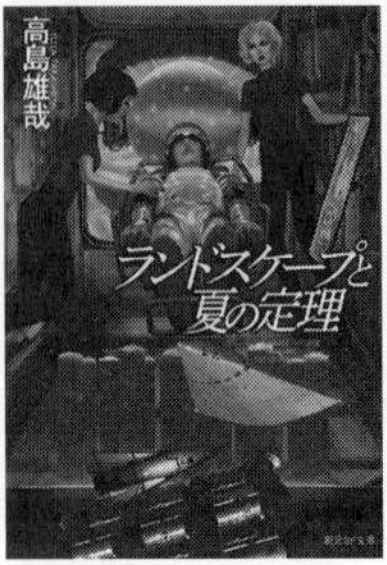

ランドスケープと夏の定理

高島雄哉

カバーイラスト＝加藤直之

◆

史上最高の天才物理学者である姉に、
なにかにつけて振りまわされるぼく。
大学４年生になる夏に日本でおこなわれた
“あの実験” 以来、ぼくは３年ぶりに姉に呼び出された。
彼女は月をはるかに越えた先、
ラグランジュポイントに浮かぶ国際研究施設で、
秘密裏に “別の宇宙” を探索する
実験にとりかかっていた。
第５回創元SF短編賞受賞の同題作を長編化。
新時代の理論派ハードSF。

創元SF文庫の日本SF